Opal
オパール文庫

Gift
コワモテな愛妻家たちの夜は甘い

麻生ミカリ

JN105527

プランタン出版

Gift

※本作品の内容はすべてフィクションです。

第一話　Garden

池袋《いけぶくろ》にあるブックカフェ『ファルドゥム』は、オープンから四年を迎える。築四十年を過ぎたビルは、古くなってはいるものの手入れが行き届き、趣のある建物だ。大規模な店ではないけれど、棚や壁を展示スペースとして貸し出しをしていることもあり、一部の本好きには愛されるカフェである。

ドイツ人作家ヘルマン・ヘッセの短編集『メルヒェン』に収録された作品タイトルからつけた店名は、店長でもある柏木桐子《かしわぎきりこ》の趣味による。彼女はブックカフェの店長という肩書のほかに、一級建築士という一面も持つ。建築士としても『ファルドゥム』同様に一部で名の知れた人物らしいが、カフェで働くバイトたちは店長の別の顔についてあまり詳しい話は知らなかった。

——四年、かあ。

オープニングスタッフとしてこの店に応募し、それから四年間、未亜《みあ》は静かな店内をこよなく愛してきた。

働きはじめたころは、まだ芹野《せりの》姓だった。

昨年結婚して、未亜の名字は海棠《かいどう》に変わっている。

周囲からすると海棠未亜よりも芹野未亜のほうがまだしっくりくるらしいが、未亜自身はずっと海棠の表札がある家で暮らしてきたのであまり違和感はない。そもそも芹野というのは未亜の両親の名字でもなかったので、やっと自分にぴたりとハマる名前になれた。そんな気がしていた。

「これまで四年間、お世話になりました。今まで楽しく働いてこられたのは、皆さんのおかげです。ほんとうにありがとうございました」

深く頭を下げて、未亜は馴染みのスタッフたちに別れを告げる。

結婚してからも一年間、この店で働いてきた。

自宅から通いやすかったというのも大きな理由だったため、引っ越しに当たって仕事は辞めることにしたのだ。

「海棠さんがいなくなるなんて、なんだかヘンな感じだね」

四十半ばを過ぎているようには見えない、すらりと引き締まった体つき。柏木店長は腰に巻く黒いカフェエプロンがよく似合う、大人の女性だ。

「やっと海棠って呼んでもらえるようになったのに、わたしも少し寂しいです」

新しい生活が始まるときには、いつも少しの不安と寂しさと、同量の期待と予感がある。今の未亜も同じだ。

長く暮らした家を離れ、新しい戸建てに引っ越す。竜児《りゅうじ》がそれを決めた理由のひとつを、未亜はひそかに気づいていた。

† † †

海棠竜児と暮らしはじめたのは、未亜がまだ四歳のころ。

高校を卒業して駆け落ち同然に地元を離れた両親は、小さなアパートで未亜を育ててくれていた。自分たちはどんなに切り詰めても借金をするようなタイプではなかったのだが、父は勤めていた工場が倒産し、信頼していた社長に騙されて連帯保証人になっていた。

当然、父自身も自分が連帯保証人になっていたことなど知らなかったため、気づかぬうちに借金は雪だるま式に膨らんだ。もう二十年近く前のことである。当時は、今よりも闇金から逃げる方法が少なかったのかもしれない。

アパートには怖い顔をした明らかにカタギではない借金取りが来はじめ、父は殴られたり蹴られたりするようになった。傷の絶えない父を母とふたりで心配したものだが、自分で作った借金ではないのに父はそれを律儀に返そうとしていた。

父と同い年だった竜児が父の借金の取り立てに来るようになってから、事態は大きく変わった。

竜児は父の借用書を他社から買い取り、自分のやっている街金一本に返済できるよう対応してくれたのである。ほかの借金取りのように父に暴力を振るうこともなければ、罵声を浴びせることもない。それどころか、ときどきおいしいお肉や果物を持ってきてくれる――今思えば、まったくもって借金取りとしての仕事を果たしていない男だった。

おそらく、そうした彼の態度が理由だったのだと思うが、竜児はいつも目や口のまわりにアザを作って未亜の住むアパートを訪ねてきた。たまに、父とふたりそろってアザだらけの顔で笑っていたのを覚えている。

結局、竜児が買い取れなかった借用書を持つ闇金から、未亜の両親はひどい追い込みをかけられた。そして、未亜を連れて夜逃げを選んだその日、高速道路の事故でふたりはこの世を去った。

たった四歳で、未亜はひとりぼっちになったのだ。

両親の葬儀の席にやってきた、まだ二十五歳の金色の髪をした竜児は伯母に交渉して未亜の養親になると宣言した。彼には、幼くして亡くした弟がいたのだという。もしかしたら、未亜に弟の姿を重ねていたのかもしれない。

なんにせよ、それから二十五歳の竜児と、四歳の未亜は一緒に暮らしてきた。親子のようでありながら、きょうだいのようにじゃれ合って、花見、夏祭り、花火大会、秋の行楽、冬の雪合戦と楽しい毎日が続いた。

気づいたときには、もう好きだった。

誰よりも近くにいる家族の彼を、男として見ていた。

先に誘ったのは未亜のほうだ。どうしても彼に自分を女として見てほしくて、告白するよりも先に、

『わたしとセックスしてって言ってるの！』

というひどい誘い文句を口にしたあの日。

竜児は、キスと愛撫で未亜を蕩けさせておきながら、最後の一線を越えることなくホテルの部屋を出ていった。

お互いに十七年を家族として過ごしてきたのだ。

竜児からすれば、四歳から面倒を見てきた子どもを女として見られないのかもしれないと、かすかなあきらめを抱いた時期もあった。

けれど彼は——未亜を愛してくれた。

若い日々、酒と煙草で焼けたハスキーな低い声。その声がいっそうかすれる瞬間を、未亜は知っている。ひどく甘いのにかすれたあの声を思い出すだけで、体の奥に熱が灯る。

ふたりは、ふたりだけのやり方で恋を成就させ、晴れて結婚した。結婚式も披露宴も新婚旅行もなかった。一緒に選んだ指輪をつけて、婚姻届を出しただけだ。

ウエディングドレスへの憧れというものを、未亜はそもそも持ち合わせていなかったので、そのあたりについて不満はない。それどころか、きれいなドレスや旅行よりも竜児とふたりでいる時間がほしかった。だから、どこにも行かない。ふたりの家でいつもどおりに過ごす。それが未亜にとっての結婚であり、家族になるということ。

あれから一年。

竜児は今日も元気に、消費者金融会社『ライフる』の社長業務に邁進している。

ただ、ひとつ変わったこともある。

それが引っ越しだ。

† † †

「ただいまー」

4LDKの三階建て一軒家は、まだ築年数もさほど経っていない。未亜としてはお気に入りの家だが、竜児はふたり用の寝室のある間取りを強く望んだ。

――今の家、敷地はたしかにそんな広くないけど、三階建てで楽しいのにな。

玄関を入ると一階に客間と竜児の書斎、それからバスルームがある。二階にはキッチンとリビングダイニングと、バスルームとは別に洗面所、さらにはルーフバルコニー。三階はそれぞれのベッドルームという間取りだ。まあ、難点を言うなら一階のバスルームで脱いだ衣類を二階の洗濯機まで運ぶのは少々手間だけれど、それだってたいしたことではない。

未亜が子どものころから、竜児はいつも夕飯前には帰宅していた。食事を作ってくれる、甲斐甲斐しいところのある人なのだ。

それが、ここ最近は帰りが遅い。

もともと仕事は山積みなのに、無理を押して二十時前に帰宅していた。竜児の送り迎えにまで同行している法務担当の鴫原《しぎはら》が、かなりの量の業務を代行していたと知って「鴫原さんに迷惑かけないの！」と一喝したのである。

以降、竜児の帰宅は二十二時から二十三時ごろになった。特に忙しい日は二十四時近いこともある。

別に愛する男を馬車馬のようにこき使いたいわけではない。彼の会社での立場や、社長としてやるべきことを、未亜のせいで邪魔したくないのだ。

——それに、結婚してからは料理だってがんばってるんだし！

実のところ、彼に養われていた間の未亜はほんとうにただの甘えた子どもだった。アルバイトをして多少稼いでいたとはいえ、竜児の与えてくれる衣食住にぶら下がって生きていた。

結婚を機に、料理をもっとじょうずになろうと努力している。

中学生のころから、朝食は未亜の担当だった。竜児の負担を減らしたい一心で提案し、以来朝食のメニューに関してはそれなりにバリエーションもある。だが、それはあくまで朝食なのだ。竜児は夕食に比較的しっかり食べる。肉、野菜、魚、白米をバランスよく摂取するのが理想らしい。それに対応できるメニューは、未亜の中に足りていない。簡単にいうと、ディナーのメインになる料理の持ちレシピが足りないということだ。

そういう意味では料理だけではなく家事全般、できることなら心花《こころ》のようになりたいと思っている。

鎌倉《かまくら》心花――旧姓北見《きたみ》心花は、未亜の数少ない既婚の友人だ。

もともと、竜児にとって兄貴分だった鎌倉大地《だいち》には幼いころからかわいがってもらっている。その大地が結婚した相手が心花で、今では家族ぐるみのつきあいになった。

心花は以前、ハウスキーパーとして働いていたこともあり、料理も掃除も洗濯もプロの腕前だ。最近、バイトが休みの日は渋谷《しぶや》にある大地のマンションに行って彼女から料理を教えてもらっている。主に夕食のメインになるおかずの献立を学ばせてもらっていた。

――そういえば、心花ちゃんが来るまで鎌倉のおじさんの好きな食べ物がサバの味噌煮だなんて知らなかったなあ。

昔からおしゃれで独特な色気のある大地が、素朴なおかずを愛好している。それこそが、大地と心花の温かい関係性を表している気がして、未亜はふたりに憧れを抱いている。

さて、今夜の海棠家の夕食はサバの味噌煮とポテトサラダ、ワカメの味噌汁に昨日の残りの肉じゃがと豚肉の生姜焼きだ。

サバの味噌煮を竜児に出すのは初めてになる。今まで何度か心花と一緒に作ってきたので、手順は頭に入っていた。きっといける。たぶんできる。

——困ったら心花ちゃんに電話しよう……

最終的に少々弱気になりつつも、未亜はキッチンに立った。

——そういえば、竜児も昔は料理なんてできなかったし、髪の毛を結ぶだけで苦労してた。

ヤクザに片足を突っ込んでいた半グレの青年が、突然四歳児と暮らすことになったのだから、彼の苦労は生半可ではなかっただろう。

あのころの未亜は、いつも長い髪をツインテールにしていた。

竜児は幼稚園に行く前、一生懸命に未亜の髪を結んでくれるのだが、どうにも左右の高さがそろわない。何度も何度もやり直す彼を鏡越しに見上げていたのを覚えている。

『りゅうじ、もういいよ』

『よくねえ。俺は納得しねえからな！　まだいける！』

さくらんぼのついた赤いゴムを口に咥え、彼は時間ギリギリまで未亜の髪を結び直した。最終的に、たいてい竜児が納得する前に幼稚園バスの時間が来てしまうので、毎日未亜は大急ぎで家を出ることになるのだ。

『りゅうじ、もうバスくるよ』

『あー、くそっ。こんなときに大地さんがいればなあ』

大地がいたところで、四歳児の髪を結べるかどうかはわからないけれど、何か困ったときに竜児はよく兄貴分の名前を出していた。彼にとっては頼れる大人といえば大地だったのだろう。

幼稚園バスに間に合わせるため、竜児は未亜を小脇に抱えて走ることが多かった。今にして思えば、なかなか危険な行動だ。けれどあのころは、そんなことさえ楽しかった。

「——ただいま」

玄関のドアが開き、彼の声が聞こえてくる。

「おかえりー」

未亜はキッチンのある二階から階段を駆け下りていく。玄関で靴を脱ぐ竜児が、未亜を見て頬を緩ませた。

「ずいぶん嬉しそうに出迎えてくれるもんだな」

四十三歳の夫は、ハスキーな声で応える。

「今日はお料理がんばったから、食べてもらうの楽しみにしてたの！」

「へえ？　この香りは——魚の煮物か？」

「当たり！」

「がんばったな、未亜」

階段の下まで来た竜児が、一段上に立つ未亜の頭を大きな手で撫でてくれる。この手が好きだ。声も目も分厚い胸板も、すべてが好きだ。

「せっかくだから、アレやってくれよ」

「アレ？」

「昭和の男のロマン、前に教えただろ？」

「ええ……」

たしかに以前、説明はされた。しかし、未亜としてはどうにも気恥ずかしい感じのする三択の提示だ。

——そんなの、昔のドラマでしか言わないでしょ！

だが、夫が望むなら多少の努力はしてみようか。未亜は少し唇を尖らせながら、竜児を見上げる。階段の段差があってもまだ彼のほうが背が高い。

「お風呂にする？　食事にする？　それとも、わ……わたし？」

自分なりに精いっぱい、彼の要望に寄り添ったつもりだ。

それなのに、竜児は未亜が言い終わるとこらえきれないとばかりに笑い出した。

「ちょっと！　竜児！」

「いや、悪い。あまりに似合ってなくて、なんだろうな、このおままごとみたいな会話」

──竜児がやれって言ったくせに！

ハスキーな声で笑う彼が、嫌になるほど魅力的なことを竜児自身はきっと自覚していない。

「それで？　どれがいいの⁉」

「フルコースで。順番は食事、風呂、未亜」

「……わたしは食べ物じゃないんだけど」

「きちんとおいしくいただくから安心しろよ」

夫婦になって一年。

竜児に抱かれることに慣れたかといえば──実はまだ、慣れきっていないから困るのだ。

──竜児みたいにベテランじゃないの、こっちは！

二十一歳上の夫は、未亜を追い立てて階段を上る。時刻は間もなく二十二時二十分。今から夕食と風呂を済ませたら日付が変わるころにベッドへ入るのだろう。

「そういえば今日でバイトは最後だったな」

「うん、そう」

「お疲れ、がんばったな、未亜」

リビングダイニングに着くと、竜児が仕立てのいいコートを脱ぐ。スーツのジャケットも脱ぎ、ネクタイに指をかけた。

「……それ、好き」

「何がだ？」

「竜児がネクタイはずす仕草、好きなの」

「こんなのが？」

理解不能と言いたげに、わずかに眉間のしわを深める。その表情も好きだ。

——考えたら、竜児の好きじゃないところを探すほうが難しい。

料理を温め直し、皿に盛ってテーブルに並べていく。竜児はそれを見て、どこか懐かしそうな目をした。

「心花さんに習ったんだな？」

「バレた」

「サバの味噌煮は、大地さんの好物だ」

「ちょっと意外だよね。鎌倉のおじさんなら、もっと高級なもの、いくらでも食べられるのに」

「その気持ちもわからなくはない」

だが、と彼が続ける。

「大地さんの家族の思い出の味らしいからな」

「そうなんだ?」

母の思い出の味、というのが未亜にはあまりなかった。母は料理のじょうずな人だったように思うけれど、いかんせん四歳児が好んで食べるものはハンバーグ、ミートボール、カレーライス、ナポリタンと、あまり個性の出ないメニューが多かった。

「竜児は?」

「俺?」

「思い出の味って、ある?」

「………………」

彼がしばし考え込む。

竜児の両親は離婚しているが、十五歳で当時九歳の弟が亡くなるまで家族で暮らしていたはずだ。だとしたら、家庭の味で育ったのだろう。

「家族の思い出の味って言ったら、やっぱりあれだろうな」

「何? 聞きたい!」

「未亜が小学生のころに、メープルシロップにハマったの覚えてるか？」

そんなことがあったような気もする。たしか、大地がカナダの土産にくれたのがきっかけだ。最初はパンに塗って食べていたけれど、クラスメイトからホットケーキにかけて食べるのがおいしいと聞いて、竜児に作ってとねだった。

「おまえ、なんにでもメープルシロップかけて大変だったんだよ」

「なんにでもってほど？　ホットケーキを作ってって頼んだのは覚えてるんだけど」

「それは序の口。カナダでは目玉焼きにかけるって本で読んだらしくて、オムレツにもパスタにも漬物にもかけやがった」

「う……嘘だ、そんな味覚音痴みたいなことしないっ」

「極めつきは納豆にメープルシロップだ」

――小学生のころのわたしって、そんなに危険な食べ方してたの⁉

「しかも、かけるだけかけて口に合わないと俺によこすんだよ」

「……それは、しそう」

「しそうじゃなく、実際してくれたな。俺はしばらく、ひたすらメープルシロップ味の食事をした」

生まれ育った家族での記憶ではなく、未亜と過ごした時間の中に彼の家族の思い出の味がある。そのことが少し嬉しい。

――でもそれ、思い出の味っていうより恨みの味じゃない？

「俺にとっては、未亜が唯一の家族だ」

まるで未亜の心を読んだように、竜児がそう言う。

「だから、思い出の味はメープルシロップかもしれないな」

「……これからは、もう少しいい思い出を一緒に作ろう、竜児」

「ああ、楽しみにしてるよ」

目尻を下げて微笑む彼は、優しさを感じさせる反面、コワモテのせいで少し悪人顔だ。だが、そこも竜児らしいと未亜は思う。片眉を歪ませるような彼の不器用な笑顔が愛しい。

† † †

未亜には、あまり引っ越しの経験がない。

というか、実際にはあるのだと思うけれど、子どものころだったせいで自分で荷物をまとめた経験がないのだ。

引っ越しが決まってから、業者が見積もりを出すために家に来たり、引っ越し当日までにやっておくことを説明してくれたりと、慌ただしい日々が続いた。前もってバイトを辞めておいてよかった。

金に糸目をつけない竜児は、荷造りも業者に任せるコースを選んだ。だが、さすがに下着や貴重品までおまかせするのは気が引ける。細かいものと下着、靴下は自分で荷造りをした。荷物を詰めているると、引っ越しをする実感がわいてくるから不思議なものだ。

新しい家は新築ではなく、中古住宅を購入して内装をフルリフォームしたそうだ。一度、内装工事が終わったときに竜児と一緒に見に行ったが――

――なんかこう、カタギの人のおうちじゃないよね、あれ。

まず道路と隣家に面した部分には、三メートルはありそうなコンクリートの壁がある。道路側の壁には車庫用のシャッター以外、出入口らしきものすらない。いったいどこから入るのかと思ったが、隣家との間に通路があって、そこを抜けると玄関にたどり着く。

竜児いわく、以前は芸能人が住んでいた家らしい。プライバシーを侵害されないよう、留意してデザインされた戸建てなのだろう。

壁の内側は、今まで住んでいた家よりもかなり敷地が広い。二階建て5SLDKで屋上はちょっとしたテラスのようになっている。ただし、屋上がある時点でお察しだろうが戸建て部分も普通の屋根がある一軒家ではなく、どこかの研究所かと思うようなコンクリートの長方形の建物だ。

ついに引っ越しを終え、業者のスタッフたちにより荷運び、荷解き、家具の配置が終わった新居で、未亜はアイランドキッチンに肘をついた。

「前の家も広かったのに、なんで急に引っ越し？」

「いい物件が出てたから税金対策だ」

「とか言って、シアタールームがほしかったんでしょ」

一階にはリビングダイニングとバスルームとキッチンのほかに、完全防音の半地下になった部屋がある。そこには高画質の大スクリーンと天井のシーリングライト一体型の高性能プロジェクター、天井の四隅に設置したスピーカーなど、竜児が選びに選び抜いたオーディオ機器が取りつけられている。

「それは否定しない。ま、なんにせよ今さら引っ越しをなかったことにはできないからな」

「嫌なわけじゃないよ。ベッドルームも気に入ったもん」

ほんとうは、シアタールームだけではなくふたりで使えるベッドルームが竜児の望みだったことは知っている。以前の家では、三階にそれぞれの寝室があった。日によってどちらかの部屋で一緒に眠ることもあったけれど、いかんせんベッドはもっと大きいほうがいいと竜児は嘆いていた。

長身で筋肉質な彼の体には、ふたりで寝るには広いベッドが必要だったのだろう。

今回、ベッドルームには海外ブランドのキングサイズベッドが設置された。シーツやベッドパッドを考えると国内のブランドのほうがいいのではないかと未亜は言ったのだが、竜児は譲らなかった。

——実際、出資しているのは竜児なんだから好きなものをそろえればいいと思うけど……

「せっかくだし、ベッドルームに行くか」

「竜児、汗もかいたんだから先にバスルームじゃないの？」

「そうだな。ベッドルームに行くか」

「……食事、とかね」

「わかった。ベッドルームに行くぞ」

すでに、ベッドルームへ行く以外の未来はなかったらしい。

未亜はおとなしくあきらめて「はいはい、じゃあ行きますよー」と夫の背を押した。


ベッドルームは黒い壁と白い天井が印象的な内装だ。ベッドフレームは、ベッドヘッドボードにクッション性のある素材を使用している。ヘッドボードが一・二メートルとかなり高いのも特徴的だった。

濃茶のフローリングに、白いベッド。毛布と枕はダークブラウンで統一され、サイドテーブルや家具は黒を基調としている。

「こんな大きいベッドが自宅にあるって、なんか壮観だね」

「ああ。これなら未亜がどんなに寝相が悪くても、ベッドから落ちる心配もいらない」

竜児が着ていたシャツを脱ぎ捨て、唐突にベッドに寝転がった。

「……なんで脱いだの？」

――やる気アピール⁉

「おっさんの汗にまみれた服で新しいベッドに横たわるのは悪いだろ」

作業をしていたのは引っ越し業者のスタッフなので、竜児がそれほど汗ばんでいないことは知っている。まして冬だ。

――さっき、汗かいたからお風呂が先って言ったの気にしてる？

なんだか急に彼の気遣いがかわいく見えて、未亜はそっと隣に寄り添う。真新しいマットレスは高反発でアスリート向けのものらしい。

「竜児、風邪ひくよ」

「未亜こそ、今日は脚が出すぎなんじゃないか？」

すう、と太腿を撫でられて未亜は体を震わせた。

「や、何、急に……っ」

「引っ越し業者の男どもに見られたからな。清めておかないとまずいだろ」

「見られただけで穢《けが》れない！」

「理由はなんだっていいんだよ。俺が触れたいだけだ」

にやりと片頬に笑みを作り、竜児が上半身を起こす。

「っ……、先にシャワー」

「浴びたいなら、寝室のシャワーを使うか」

そういえば、この寝室に竜児が絶対必要だと言い張ってリフォームしたとあるもの。それは、シャワーブースだ。未亜が見ていた海外ドラマで、寝室にシャワールームが隣接しているのを「これ、いいな」と感嘆していた。

部屋の隅に、ユニバーサルデザインの電話ボックスほどもあるブースを作り、壁に高級シャワーヘッドを取りつけたシャワーノズルがかけてある。

外国風の寝室には、とてもよく似合うだろう。実際、寝室にシャワーブースがあるのは便利だと思う。ただし、ブースの扉が透明なガラスだというのがいただけない。

——見えちゃうし、見られちゃう。

「わたし、下のバスルームに行くから竜児がブース使う?」

「何言ってる。一緒にシャワーブースを堪能するに決まってるだろ」

「だ、だって」

「どうせ、ガラスで見えるのが困るって話なら、一緒に入れば問題ない」

「っっ……!」

そこまで見抜かれていては、今さら抵抗する理由もない。これまでに、一緒にお風呂に入ったことがないわけではないのだ。

「あ、でもバスタオルがないんじゃない？」

「待ってろ。俺が取ってくる」

未亜がベッドから起き上がるのを腕で制して、彼はさっと部屋を出ていく。

「……どんだけ一緒にシャワー浴びたいのよ、もう」

そんな夫の希望に応えるくらいの気概は、未亜にだってあるのだが。

――竜児は、わかってなさそう。

彼が戻るより先に、インターフォンが鳴る。誰だろう、と思っている間に竜児が玄関に出て対応したらしい。階下から賑やかな声が聞こえてきた。

「なんだい、慌てた顔をして。いくつになっても落ち着かない男だね」

――鎌倉のおじさん!?

「よっ、竜児。いい家じゃん」

「オレたちの姫はどこだ？　未亜ちゃんは」

「大地さん、よろしければスリッパをどうぞ」

「ああ、ありがとうよ」

聞こえてくる声から、竜児の兄貴分である大地や、昔馴染みの仲間たちが大所帯で訪問してきたのだとすぐにわかった。

未亜も一階へ下りようとしたところで、メッセージアプリに新着メッセージが届く。

『大地さんたちが来てる』

『おりてくるときは、着替えてこい』

「……なんで着替え？　ああ、脚が出てるから？」

言われるほど露出度の高い服でもないのだが、竜児が誰にも未亜を見せたくないと思ってくれているのが嬉しい。だなんて、彼が聞いたら苦笑いするだろうか。

ベッドの下に残された、白いシャツを拾い上げる。

くん、と香りを確認すると、汗臭くなんてなかった。大好きな竜児の香りがする。

——大好きで、懐かしい香り。

†　†　†

新居での生活も一週間を過ぎた。未亜は日中、近所をひとりで散策する日々が続いている。

考えてみたら、これまでの人生で今ほど時間の余裕がある時期はなかった。もちろん幼少期は別だろうが、就学以降は長期休みでもない限り毎日学校があったし、高校を卒業してからは『ファルドゥム』でバイトをしていた。

竜児は引っ越しで仕事をサボった分、週末も鴫原の迎えで会社へ連れていかれている。ひとりで知らない街に残され、未亜は近隣のスーパーやコンビニ、ドラッグストアの場所を確認しながら散歩ばかりしているのだ。

——知らない場所を歩くのは楽しいけど、ひとりだと少し寂しいかな。

竜児と一緒だったら、きっとどうでもいいことを報告しては笑ってもらおうとする。あのかすれた笑い声を聞きたい。

引っ越しのときにはバイトを辞めたことを正しいと思ったものの、今となってはやることがない。

料理を作ると喜んでもらえるのは幸せだ。だから毎日夕食を作る。ちなみに今夜は竜児のリクエストでチキン南蛮の予定である。

教会通りを南下して、駅前のスーパーへ。

マフラーを巻いていても、隙間から入ってくる冷気に身がすくむ。冬将軍の到来は近い。

——クリスマス、何を買おうかな。あ、そうだ。クリスマスのお料理も心花ちゃんに相談させてもらおう！

心持ち気分が上向きになり、未亜は元気よくスーパーへ向かった。

その夜、二十時前に竜児が帰宅した。前の家だと、キッチンから階段を下りて玄関に向かわなければいけなかったが、今はドアを開ければすぐ玄関に続く廊下だ。

「おかえりー」

両腕を伸ばして差し出す。鞄を受け取ろうとした。

たまには妻っぽいことをやってみようという、未亜なりの演出である。

しかし、相手は鞄ではなく長身の体軀をあずけてきた。思い切り抱きつかれて、むぎゅっとヘンな声が出た。

「熱烈なお迎えだな」

「ちがうー」

「違わない。鞄より俺がいいだろ」

わかっていてやったとは、相手が一枚も二枚も上手《うわて》だった。

「ちょっとー、重いー。〇・一トン！」

「俺の体重を四捨五入するな。それで言うと未亜は〇キロになるぞ」

「筋肉で圧死させられる！」

「ベッドで押しつぶしてやろうか？」

最終的に、未亜を抱き上げた竜児が靴を脱いでリビングまで妻を運んでいく。鞄を受け取ろうとしたはずが、なかなかうまくいかない。

「竜児は、わたしに妻っぽいことを求めてるんじゃないの？」

「……なんの話だ？」

未亜をソファに下ろし、竜児が眉根を寄せる。見慣れた眉間のしわが、今日も愛しい。

「だって、昭和の男のロマンが」

「俺はおまえがいればそれでいい」

真顔で言われると、それはそれでこそばゆいのだ。未亜は竜児を好きだと言うのは慣れているのに、彼が男の顔をするたび緊張してしまう。

もう一年。

まだ一年。

――いつになったら慣れるんだろう。

「ごめんね？」

そう言って、コートを脱いだ竜児の頬に唇を寄せる。

「待て、今のはなんの謝罪だ」

「ううう、それは聞かないで！」

「気になるだろ」

「気にしなくていいの！」

「吐け、おとなしく吐けよ」

「ひゃあっ、ちょ、ダメ、りゅうじっ……」

思い切り脇の下をくすぐられて、未亜は笑い転げた。身を捩って逃げようとすると、胸元に強く吸いつかれる。

「んっ……！　ぁ、やぁ、あひゃははは、ダメ、やぁんっ」

「感じてるのか笑ってるのか、忙しいやつだ」

「！　全部、竜児が悪いっ」

「ああ、そうだな。俺が未亜を好きすぎるのが悪いなら、そのとおりだ」

悪いだなんて毛ほども思っていない男が、甘く危険な笑みを浮かべた。かすかに目を細めるその微笑が、今夜の予定を狂わせる。

「今日はシアタールームで映画観るって……」

「予定は未定だろう」

ソファの上の攻防戦は、完全に竜児の勝利だ。

未亜はすでに背中がアームレストに当たっている。この先に逃げ場はない。

「今？　ここで？」

「いつでもどこでもおまえを食いたいのを我慢してるんだ。そろそろ俺に食われておけ」

捕食者の甘くかすれた声に、未亜は静かに息を吐く。竜児の手は冷たい。今夜は、外もかなり冷え込んでいるのだろう。

「いただきますをちゃんと言ったらね？」

玄関で彼の鞄を受け取ろうとしたときとは違って、今度は竜児を迎え入れるために両腕を広げた。子どもなら、抱っこしてとせがむ格好だった。

けれど、もう未亜は子どもではない。

竜児も親代わりではない。

「ずいぶんいやらしい誘い方を覚えたんだな。誰に教わった？」

「竜児に決まってるでしょ」

「いただきます」

知ってるよと言いたげなキスに、目を閉じる。

最初は唇の輪郭をたどっていた舌先が、未亜の歯列を割った。舌と舌が触れ合い、一瞬ビクッと体が震える。怯えたのではなく、逃げたいわけでもない。

これから始まる快楽への甘い予感を感じ取った体が、喜びに震えたのだ。

「ん……っ……」

口腔から舌を吸い出され、彼の口の中へと導かれる。「食いたい」という言い回しのままに、竜児は未亜を味わっていく。

「ぁ、んぅ……」

「舌、引っ込めるなよ。おいしく食べさせてくれるんだろう」

「ん、竜児……」

彼の言葉に心が濡れる。言われるまま、未亜は舌先をおずおずと彼の口に向けて差し出した。すると、竜児が口を大きく開けて未亜の舌を咥え込んだ。

「んう、うっ」

じゅる、と唾液をすする音が肉食獣の舌舐めずりを思わせた。

舌も唾液も心も、彼に吸い上げられてしまう。それを自覚するのと、腰の奥に甘い疼きが生まれるのはほぼ同時だった。

「未亜、映画観るか？」

——今、このタイミングで!?

悔しいけれど、首を横に振るしかない。映画が観たいかどうかなんて、もうわかるはずがないのだ。今ほしいものは、目の前の危険な男ただひとり。

「竜児の」

「あン？」

「竜児の、背中の昇り龍が見たい」

彼の背には、和彫りの龍がいる。ただし、筋彫りのみだ。色は入れていない。

「おまえは物好きな女だな」

スーツのジャケットを脱ぎ、ネクタイをはずす。太く骨ばった指が、細かい作業をするのを見るのが好きだ。竜児はこの大きな手で、器用に料理もこなす。

しゅるりとネクタイが引き抜かれ、シャツのボタンがひとつずつはずされていく。あらわになった鎖骨の下から、なだらかな大胸筋の膨らみが見える。盛り上がった三角筋に薄く血管が浮かぶのが好きだ。

未亜はソファの上に膝立ちになって、竜児の腕からワイシャツを脱がせる。ほんのりと目尻を下げた彼は、裸の背中をこちらに向けた。

「……きれい」

「おっさんの背中の何がきれいだ」

「竜児は自分で見られないから知らないんだよ」

人間は、鏡を使わないと自分の背中を見られないのだ。未亜だって、自分の背中を知らない。けれど背中には顔とはまた違った人間性が出るものだと思う。鍛えた背中、疲れた背中、走り出しそうな背中、誰かを守ろうとする背中。

四十三歳の竜児の背中には、竜児の人生がある。

優しくて逞しくて、厳しくて寂しい。顔に出してくれない感情は、背中に宿るのだろうか。それとも、これは見る側の感傷なのかもしれない。

「言ったな」

「うん?」

「だったら、未亜の背中も見せてもらおう」

「え、あ、わっ！」

ルームウエアのニットワンピが、すぽんと頭から脱がされる。白いブラに黒いタイツを穿いているせいもあって、上半身が際立って白く見えた。

「背中なんて、いつも見てるのに？」

「それはおまえも同じだろうが」

「わたしの背中なんておもしろくないよ」

「決めるのは俺だ」

両肩をつかまれ、くるりと体の向きを変えられる。肌に竜児の指が触れ、ゆっくりと背骨をなぞっていく。

「何、して……」

「きれいな背中というなら未亜のほうだ」

タイツのウエスト部分にたどり着くと、竜児は両腕で未亜を背後から抱きしめた。脇の下から力強い腕が体に巻きついてくる。

——息が、当たって……

くすぐったいのか。それとも感じてしまうのか。自分でも、わからなくなっていた。さっきまでくすぐられていたせいだ。

「背中だけじゃない。肩も、腕も——」

「んっ……」

口に出した部分を大きな手が撫でる。

「手首も、指も」

優しく表面をかすめるような触れ方に、首のうしろが粟立った。

竜児はいつも、未亜を宝物のように扱う。その優しさを知っているからこそ、たまにわがままを言ってしまうのだ。

年上の、それも二十一歳も離れた夫。子どものころから面倒を見てくれた人に、たまにとはいえわがままを言うのは自分がおかしいのではないかと思うこともある。だが、それを告げると竜児は嬉しそうに笑みを見せてくれる。

『おまえのわがままなんてかわいいもんだ。いくらでも言えよ』

「竜児……」

「なんだ」

「好き」

頬に触れていた彼の手を取り、未亜は手のひらに唇を寄せた。手のひらへのキスは、懇願を意味する。今、自分は何を懇願しているのだろうか。

「何度聞いてもいいもんだな」

彼は手のひらに視線を落とす。二秒ほど黙ったあと、こちらに目を向けて自分の手のひらにキスをした。いわゆる間接キスを、竜児の手のひらでしている。

「っっ……竜児、なんかやらしい」

「先にしたのはおまえだろ」

「そうだけど、そうなんだけど……」

――竜児がやると妙な色気があるの！

肩からブラのストラップがはずされる。両胸が空気に触れると、未亜は竜児の手をつかんだ。

その手を、自分の胸に引き寄せる。未亜のキスと、竜児のキスが残る手のひらだ。

「これでも、背中のほうがいい？」

「未亜はどこもかしこもかわいいから安心しておけ」

胸の膨らみの上で彼の手がゆっくりと円を描く。先端を硬い手のひらで転がされ、肩が揺らいだ。

どうして、こんなに気持ちがいいのだろうか。

肌と肌がこすれ合う、ただそれだけの刺激に快楽の波が押し寄せてくる。触れられているのは胸だが、甘い予兆は腰の奥から放射線状に全身に広がっていった。

「竜児の手が好き」

大きくて、節の太い指。未亜の手首など、両方まとめてつかむのも容易だろう。この手で彼は、ずっと未亜を守り続けてくれた。彼自身の未来をつかみ、今という現実をつかんだ手。

「手だけか」

「声も」

ハスキーな声は、彼の特徴のひとつだ。

若いころに酒と煙草でつぶしたと本人は言うけれど、出会ったときにはすでにかすれた声の男だったのを覚えている。

ヤスリをかけたようにザラリとした声が、耳朶を這う。もしいつか目が見えなくなる日が来ても、竜児の声と手はわかる。未亜はそう信じていた。

「あ！」

腕を伸ばして、彼の背中を指腹でたどる。

――うーん、これはさすがにわからない、かな。

「なんだ？」

「筋彫り、さわるだけで竜児だってわかるかなと思ったんだけど、ムリだね」

「そんなことか」

ゆっくりと未亜を抱いたままで竜児が体を倒す。背中が座面につき、腰が少し浮くのに首を傾げた。

いつの間に準備したのか、ソファの端に置かれていたクッションが未亜の腰の下に配置されている。

「俺は目を閉じても、未亜の体ならわかるぞ」

眇《すが》めた左目が、言っている。

体の奥まで知っている、おまえを女にしたのは俺だろう？

「っっ……、竜児のヘンタイ」

「何を妄想したのか知らないが、好きな女の体がわからない男なんていない」

「だとしても恥ずかしい……」

ビッ、と耳慣れない音がした。竜児は真顔で、未亜のタイツの内腿部分を破っている。

「ちょっと、竜児！」

「おまえがかわいいせいで待てなくなった」

「うう、もう……」

大きな手は器用に未亜のタイツに穴を開け——いや、正しくは邪魔な部分を引き裂いて、下着の上から指で撫でさする。

恥丘をとんとなだめてから、柔肉を中指と薬指でゆっくり確認していった。すでに蜜口の周辺は甘い予感に濡れている。繰り返し亀裂を往復されるうちに、未亜はもどかしさに唇を噛んだ。

「ん……っ」

「噛むな。唇が切れる」

「だ、って……」

ちゅ、ちゅっと優しいキスが唇の力を緩ませる。

緩んだところを見逃さずに、竜児が舌を挿入してきた。口腔を舐《ねぶ》られて頭の中が急激に温度を上げる。

「未亜の唇が好きだ」

「ん、ぅ……」

「キスすると、すぐに蕩けた顔をするのも好きだ」

「や……ぁ、あっ」

ベルトをはずし、ファスナーを下ろし、つかみ出した劣情の先端を、竜児が未亜の脚の間にこすりつけてきた。

「ああ、あ、竜児ぃ……」

何度か往復したあと、くいっと下着が横に寄せられる。しとどに濡れた亀裂に、逞しく張った先端が割り込んできた。

「ずいぶん熱くなってるな。もうこのまま呑み込まれそうだ」

「ぁ、待って、まだ……」

「まだ？」

「……っ、ん、ほしいんだけど、あの……」

結婚してから避妊をしないのが当たり前になっている。ベッドならあとでシーツを交換すればいいのだが、ソファの場合は悩ましい。クッションカバーは洗えても、ソファにシミがついたらどうしたらいいのか。

――わたしのだけでも濡れて汚れる可能性があるのに、竜児が避妊しなかったらもっと……。

「余計なことを考えるより、俺を感じろよ」

ずぐ、と切っ先が浅瀬にめり込む。

「ひ、ぁ、あっ！」

いつもより準備が少ないこともあって、未亜の体は竜児の太さにひどく震えた。粘膜が押し広げられる感覚に、腰がガクガクと縦に揺れる。

「こんなに熱いのに締めてくる」

「りゅ……じっ……」

「奥まで一気に突いてやろうか？」

耳元でザラつく彼の声が、鼓膜を直接舐めるようにささやいた。

「い、っきに、ダメ、あ、中、おかしくな……」

「なれよ」

腰に力が入る。ぐぐぐ、とあえかな抵抗ののち、彼の劣情がひと息に最奥を打ちつけた。

「っっ……、あ、あっ、ああァ！」

内臓を押し上げられる感覚に、未亜は白いのどをそらす。子宮口に先端をこすりつける竜児が、大きく口を開けて細いのどにやんわりと歯を立てた。

「ひっ、ぁ、怖い、やだ、りゅ……」

「このまま、動いてやろうか」

急所に歯を当てられている。生物的な不安に、未亜の隘路はいっそう引き絞られていた。

――ダメ、今動かれたらすぐイッちゃう。

「未亜」

濡襞を押しのけて、竜児の雄槍が蜜口まで引き抜かれる。亀頭の段差が、未亜の浅瀬に引っかかった。

「あ、ァ……！」

くびれ部分で柔襞を抉られ、刺激に腰が甘く痺れる。

――すごい、気持ちいい。まだ挿《い》れられただけなのに、気持ちよくておかしくなる……！

劣情にすがりつく粘膜を、竜児はひと呼吸置いて強く突き上げる。

「っっ……！　ひ、ァ、ああ、あッ、もう、やめ……っ」

「イキそうなとこやめられたら、そっちのほうがつらいだろ？」

快楽を噛み殺し、眉間にかすかなしわを刻んで、彼が隘路を抽挿し出す。耳を塞ぎたくなるほどの蜜音と打擲《ちょうちゃく》音。

「あぁっ、う、ううっ……やぁ、ダメ、ダメぇ……っ」

鍛えた体の男は、緩急をつけて未亜を追い詰めていく。リズミカルに奥深く数回突いたかと思えば、浅瀬で腰を回す。その直後に子宮口を限界まで押し上げて、深奥に自身の形を覚え込ませる。

「やッ……イク、イク、もぉイクから、イクぅ……！」

神経が過敏に彼の与える快感を貪っていた。

これ以上ないほど蜜口を引き絞り、結果として竜児の根元をきつくきつく締めつける。

「……っは、こんなに締めて俺を搾り取る気か？」

「ん……ぅ……、イッ……あ、は……」

「感じすぎて何もわからないって顔か。イイ顔だ。俺は未亜のそういう乱れた顔も好きだ」

――こんな急にイカされて、まともに会話なんてできないよ。少し休ませて……

そう思った直後、竜児は体を起こして未亜の両脚を大きく左右に割った。膝裏を肘にかけると、ソファの上に手をついて上半身を倒してくる。

「〜〜〜っっ！　あ、ヤぁッ……！」

クッションで高く掲げられた腰を、さらにぐっと屈伸させてきた。彼を受け入れる蜜口が、天井を向くほどの角度だ。

――これ、ダメ！

このまま竜児に突かれると、隘路だけではなく花芽も同時に刺激されてしまう。太幹が出入りするたび、膨らんだ突起もこすれる体位だ。

「竜児、待って、少し、」

「待たない」

それまでとは違う、グポッという大きな音を立てて竜児の昂りが未亜の奥に穿たれる。空気が一緒に入ってしまった音だろうか。それとも、蜜で濡れすぎたゆえの淫音だろうか。

「んぁッ……」

「イッたばかりの奥、突かれるの好きだろう？」

「やだぁ、ヤ、あ、ッ……」

「俺がイキ癖つけてやった体だ。ほら、何度でもイケよ」

喘ぐ唇をキスが塞ぐ。舌が絡むより先に、未亜は連続して二度目の果てへと追い立てられた。

「っっ……！　ん、ぅッ」

「痛《ツ》……」

極上の佚楽に翻弄され、竜児の舌先を噛んでしまう。いつもならもっと余裕のある竜児が、今夜は未亜の体をしつけ直すとでも言いたげに、激しく貪ってくるせいだ。

「ぁ、ごめん、りゅうじ……っ」

「血の味だ」

彼がぐいと唇を拭う。手の甲と唇の端に赤がにじむ。

竜児は自分の血の色を見て無表情に瞬《まばた》きをした。

「傷っ、え、竜児、口開けて、中……んあっ!?」

赤く濡れた唇で、彼は未亜の左胸に吸いつく。舌先が躍り、彼を傷つけた歯がカチカチと音を立てる。

強く吸ったあとに口を開け、竜児が噛まれた舌で胸の先端をあやしてくる。小刻みに動かされ、乳首に快楽の焦点がしぼられていく。

「やっ……ぁ、あ、あっ、ダメ、腰、動かさないで……っ」

「そうはいかない」

色づいた乳暈に、鮮烈な赤が塗られた。

敏感になって屹立する部分を強調するように、責めるように、彼の血が肌を濡らしている。

三度目の果てが近いのを感じながら、未亜はびくんびくんと大きく腰を揺らした。体の奥からあふれてくる蜜を、竜児の雄槍がかき出してくる。内腿も臀部もクッションも、透明な飛沫《しぶき》を浴びていた。新居のリビングで、隘路を抉られている。何度も何度も、何度も。

やがて竜児が深く腰を沈めて精を吐き出した。

「……っふ、ぁ、ああ、出てる、竜児……」

「出てるんじゃねえよ、出してるんだ」

切羽詰まったかすれ声で、なんてことをいう男だ。

未亜はその声に追加でもう一度気を遣《や》って、彼の太い首に両腕でしがみついた。

† † †

さんざんセックスしたあとで、シャワーを浴びて食事をすると、自分が人間という動物だと強く自覚する。生殖と食事、どちらも快楽なのだ。

性欲を発散し、空腹を満たしていく。あとはじゅうぶんな睡眠をとることで種《しゅ》の保存は可能だろう。

だが同時に、人間は動物と同じでは物足りないとも感じる。生きるだけではない。より楽しく生きたい欲望がある。

「ということで映画を観るか」

食後の竜児がそう言い出し、未亜は唖然とした。我が夫ながら、四十三歳にして疲労を知らない男。彼の背中の筋彫りに『精力絶倫』と油性マジックで書き足したくなる。書いたら書いたで、実際に『このあとめちゃくちゃセックスしました』状態になるのはわかっているので実行も発言もしないでおく。

「いいよ、観よう」

無駄な負けず嫌いを発揮して、未亜は食器を片付ける。ふたりで後片付けを終えてからシアタールームのドアを開けたころには、すでに二十三時を回っていた。

——途中で寝落ちしてもわたしのせいじゃない。竜児がヤりすぎるのが悪い。というか、よすぎる！

竜児がかなり力を入れて改装したシアタールームには、リビングよりも設備投資をしている。竜児と未亜の身長や体格に合わせてオーダーメイドで作ったひとりがけのソファが二脚、高さの違うソファ同士の間に合わせて改装業者に作ってもらったテーブル、これだけで未亜が『ファルドゥム』で働いていた二年分のバイト代が必要だ。

「やっぱり未亜の年収ソファは座り心地がいいな」

ゆったりと腰かけて、長い脚をラグの上に放り出した竜児がくつろいだ表情で天井を仰ぐ。

「その言い方だと、わたしが年収をはたいてソファを買ったみたいだけど、これ全部、竜児のこだわりだし竜児の支払いなんだからね？」

「俺が自分の女のために支払って何が悪い」

「……わたしのためじゃないとは言わないけど、ほぼ竜児の趣味でしょ」

「拗ねるな拗ねるな。まあ、未亜は拗ねてもかわいいから安心しろ」

ふたりの間にあるテーブルをひょいと越えて、竜児が未亜の頭を撫でる。

「わー、くしゃくしゃにしないで！　せっかくきれいに乾かしたのに！」

「短いと頭を撫でやすいというのは盲点だった」

幼いころから、未亜は髪を伸ばしていた。両親の生前は、毎日母が髪を結ってくれたのをよく覚えている。竜児に引き取られてからは、不器用な彼ががんばってくれていたことも知っている。

「ねえ竜児」

「ん」

配信サイトの映画リストから目的の作品を探す竜児が、顔を上げずに呼びかけに応えた。

「わたしの髪を結ぶのに苦労してたなら、髪を短くするって考えはなかったの？」

「なかった」

食い気味の即答に、未亜は首を傾げる。

「別に、わたしは短いのも嫌いじゃないんだよ。それとも竜児の好みだった？　あ、そういえば昔からフェミニンな服ばかり買ってくれたよね」

長い髪のラプンツェル。

ときどき、竜児の仲間たちは未亜をそう呼んだ。お姫さま扱いされて喜べるほど子どもでなくなったあとも、その呼び方は残っていた。

「俺は光源氏じゃない」

「説明が足りない。四十五点」

「渋い点数だな。――別に、自分好みの女を育成する気はなかったって意味だ。未亜の髪は、亡くなったおまえの母親の好みだろう。だから、それを尊重したんだよ」

彼の優しさは、ときどき見えにくい。だけど気づいたときにはいつも、胸をじんと熱くさせる。

母の好みを尊重したと言いながら、未亜自身が望んで髪を切ったときには「短い髪も悪くないな」と笑ってくれた。

――わたしが髪を伸ばそうと切ろうと、どうでもいいんじゃなくて、わたしの意志を尊重してくれる。どっちでも好きでいてくれる。

竜児のそういう優しさと愛情が、未亜を自由にしてくれていたこと。血のつながらない家族のようなふたりだったからこそ、今になって彼の想いに気づく部分もあった。

自分が少し大人になれたのならいい、と未亜は思う。

自由と過保護の二本柱で、竜児の愛情は注がれていたのだ。

「照明、落とすぞ」

「うん。竜児、」

「ん？」

「ありがとう」

「……今日の未亜は、俺よりよほど説明不足じゃないか」

「そういう日もあるの」

間接照明が消えて、プロジェクターが作動する。

スクリーンに昨年の海外映画賞を受賞した作品が映し出される。話題作だったので、未亜もタイトルだけは知っていた。

――観たいって言ってたのに、観に行けなかったの覚えていてくれたんだ。

テーブルの上で手をつなぎ、物語が始まる。

† † †

——これは、おもしろいのか？

竜児は映画を観ながら、ずっとあくびを噛み殺していた。未亜が観たいと言っていた映画がサブスクにあるのを見つけて誘ったものの、どうにも理解が及ばない。

退屈が飽和状態だったならそれがおそらく幸福だろう。

つまり今、竜児はとても幸せだ。幸せなときに、自分が幸せだと気づけることが幸せなのだ。たいていはあとになってから幸せだったことを知る。最中《さなか》で感じる幸せは、失わないよう努力する権利を得るに等しい。

実際、映画のおもしろさはわかっていないが、隣でスクリーンを見つめる未亜が目を輝かせている。この姿を見られるだけで、シアタールームを作った意味があった。

ちなみにスクリーンでは、主人公が必死に庭造りをする様子が映し出されている。これは何かの暗喩なのか。それとも庭を造る物語なのか。

見入る未亜に誘われるように、竜児もスクリーンに目を向ける。

主人公の男は、出ていった妻と子どもを取り戻すため庭造りに励み、そうしているうちに掘り返した土の下に白骨を見つけた。事件に巻き込まれていく中、彼は謎の組織と警察から追われる立場になる。家庭を再構築したかっただけの主人公は、次第に追い詰められて——最終的に、やはり庭を整えることに終始する。ラストシーン、彼の造った庭に皆が集まってガーデンパーティーが行われる。笑顔の妻と子、両親、近所の仲間たち、知り合

い の知り合い、そのまた知り合い。

――で、事件は解決してないけど、こいつらはパーティーやって満足なのか。

そんな気持ちでソファから体を起こすと、隣で未亜がひとりうなずいている。この結末に満足したということなら、それはそれでいい。ただ、竜児にはいまいち理解できない話だったというだけだ。

二十一歳も年の差があるふたりでなくとも、すべてを同じ感覚で共有することはできない。共有できなくとも、相手の好きなものを尊重することができればそれでいい、と竜児は思っていた。

「未亜、そろそろ寝るか?」

「うん。でも、ちょっと……」

彼女はまだ名残惜しそうにクレジット映像を見つめている。

「ガーデンパーティーって、すごいね」

「……ああ」

「竜児もああいうのやったことある?」

かつて極道に片足を突っ込んでいた男とガーデンパーティーの間に、いったいどんな相関関係があるだろう。竜児は苦笑して首を横に振る。

「結婚式のガーデンパーティーもあるよね」

「へえ。そんなのもあるのか」

「ほら、こういうの」

スマホのブラウザで、未亜がガーデンウエディングの記事を見せてきた。緑の美しい庭園で、白いウエディングドレスを着た花嫁がブーケを手に微笑んでいる。

——未亜ならこういうのも似合いそうだ。

「庭を……造ろう！」

映画に影響され、何かに目覚めたらしい彼女が拳を握りしめて立ち上がる。

新居には広い庭がある。最低限の植樹と手入れはしてもらったが、ガーデンパーティーができそうな庭ではない。

もしかしたら、と竜児は思う。

未亜はバイトを辞めて、時間を持て余しているのかもしれない。竜児に対しても、仕事を無理に切り上げて定時で帰ろうとしなくていいと言ってくれた。彼女の言葉に甘えて、ここ最近仕事にかかりきりな自覚はある。

——俺は未亜を、今もラプンツェル扱いしちまってるのか。

その昔、若いころからのつきあいの悪友たちが、髪の長い未亜をラプンツェルと呼んでいた時期があった。それは髪だけが理由ではなかったことを彼女は知らない。

竜児が未亜を、高い塔の上に閉じ込めるように過保護に育てていたことを揶揄する言葉でもあったのだ。もちろん彼らに悪意があるわけではないし、自分がいかに過保護かは竜児も自覚があった。

広い家を買い与え、彼女をひとりで閉じ込める。

自由を差し出したつもりが、未亜を縛りつけることになっているのだとすれば本意ではない。

「未亜のしたいようにすればいい。必要なものがあれば言えよ」

「うん、ありがと、竜児！」

子どものころと同じ無邪気な笑顔を前に、竜児は相好を崩した。

† † †

彼女には自由に生きてほしい。

自分といることで、やりたいことをできない環境に陥ってほしくない。

建前ではなく本心からそう思っている——のだが、どうにもそれだけでは済まなくなってきていることに気づいたのは、ふたりで映画を観た十日後のことだ。

実際には、それ以前から予兆はあった。よほど日中に庭造りに没頭しているのか、夜になるとすぐに眠ってしまう。現にこの十日、ふたりの間に夜の甘い時間はない。

さすがに十日の無沙汰は、好きな女と同じベッドで眠る身にはつらい。ということで、疲れている未亜を少々強引に押し倒した結果、見事な寝落ちをされてしまった。

長引かせては悪いかと、しつこい愛撫をしないよう留意した上で挿入したのに、彼女は抽挿の最中で寝息を立てはじめた。嘘だろうと思ったが、本気で寝ている。感じすぎて意識を失ったわけではない。完全に健やかにぐっすりと眠っていたのだ。

「おい、未亜」

「ん……いしど……ろ……」

──石泥？　石泥棒？

それはさておき、挿入したばかりの屹立したものはまだ萎えてくれていない。

セックスだけを愛情表現だと思うほど若くも愚かでもないつもりだが、さすがにこのタイミングで寝られるのはつらいものがある。

同時に未亜がこれほど疲弊しているのが心配だ。昔から体力の有り余るほうではなかったと思うが、かといってそれほど虚弱だったわけでもない。

──これだけ疲れているってことは、日中かなり無理してんじゃねえのか？

ずるりと抜き取ると、蜜口がひくついている。呼吸で上下する胸と連動して、彼女の体がかすかに揺れていた。

何かが、未亜を追い立てている。

映画がきっかけだったのはわかるのだが、それとは違う理由があるに違いない。のめり込む彼女の背中にのしかかっているもの。

おそらく聞いたところで未亜は言わない。そういう性格も含めて愛しい相手だ。

「次の週末は一緒に作業するか」

手始めに、彼女の目指す理想の庭を知らなければ。

——ああ、これはアイツを召喚するのが早いかもしれない。

脳裏に浮かんだのは、人を食ったように笑う派手な髪色の男。彼は竜児の周囲ではなんでも屋で通っている。実際、何をやらせても人並み以上に成果を出す。

その性格に、多少の難があるということを除けば。

† † †

雪が降る前に庭を完成させたい、と未亜は言った。

今年、東京《とうきょう》に雪が降るかどうかはさておき、未亜が望むものを差し出すのは自分の権利だ。かつては彼女の養親として、今は夫として、未亜を喜ばせたくてたまらない。

「竜児、そっちの長い板とってー」

「これか？」

「違う、もっと長いの」

「こっちだな」

「ありがとう！」

想像以上に彼女のやる気は本物だった。今はどうやらベンチを作ろうとしているらしい。平日の間にネットで見つけた設計書を元にホームセンターで木材を購入し、寸法どおりに板を切ってもらい、自宅に運んでサンドペーパーをかけるところまで終わっていた。今日は電動ドリルで穴を開け、いざ組み立てるという土曜日。

初冬にしてはうららかな陽射しが、海棠邸を照らしている。未亜はタブレットを片手に設計書を確認しながら、各パーツを並べていた。

「釘は使わないんだな」

竜児はＤＩＹに馴染みがない。自分が知らないことは、一緒に暮らしてきた未亜も知識を持っていないと当然のように思っていた。そこは世代の違いというべきか、彼女の場合、知らないことはネットで検索すればいいという考えだ。実際、ベンチの設計書もネットで見つけてきたもので、ひとりで調べて下準備を終えている。

「釘はね、木が割れることがあるから危ないんだって」

ネジでも同じでは、と思ってから、割れないように前もって電動ドリルで穴を開けるのかと納得する。

「よーし、この順番で組み立てることになるから、次はドリル」

「俺がやろう。未亜は板を持つ係だ」

「いいの？　ありがとう！」

彼女の表情がパッと明るくなった。子どものころと同じ、無邪気な笑顔。だが、その奥に何かを隠すこともできる程度に未亜は大人になっている。ときどき忘れてしまいそうになるが、彼女はもう二十二歳だ。

先日まで殺風景だった庭に、今は小さな花壇ができている。ベンチはその隣に並べる予定らしい。

ふたりで協力してドリルで穴を開け、座面を組み立てた。まだ枠状の座面を、左右の脚に仮固定する。四本の脚を地面と直角になるよう調整し、それからネジを締め直して固定だ。

「わあ、ベンチっぽくなってきた」

両手を叩いて未亜が嬉しそうな声をあげる。

——もう二十二歳だって言っても、そもそも二十二歳なんて子どもみたいな年齢だしな。

彼女をかわいいと思うのは仕方がない。愛しい妻なのだから、かわいがって文句を言われる筋合いもない。

「未亜」

「ん？」

「なんで突然、『庭』だったんだ？」

きっかけではなく、彼女を突き動かす理由が知りたかった。

未亜は一瞬口をつぐみ、視線をさまよわせてからこちらに顔を向ける。まっすぐな目が竜児を射貫いた。

「わたし、アパートで暮らしていたでしょ？」

「ああ」

彼女の両親が生きていたころ、古いアパートに何度も取り立てと称して様子を見に行ったのは覚えている。忘れようにも忘れられない。誠実で堅実で、ユーモアもある楽しい夫婦。彼らの温かい家庭を見ていて、自分の失ったものをほんの少し思い出したのだから。

「お母さんが、よく言ってたんだ。いつかお庭のあるおうちに住もうね、お母さんは庭にブランコを作るの、未亜も一緒にブランコに乗ろう、って」

もう二度と、未亜は母親とブランコに乗ることはできない。父親にブランコを押してもらうこともできない。あと数年で彼女は記憶の中の両親よりも年上になる。

そうか、と竜児はうなずいた。

彼女は失ったものを取り戻したいのだろうか。両親と紡ぐはずだった未来。それを、大人になって自分の手で作りたいのかもしれない。そう思ったとき、未亜がほんのりと頬を染めていることに気がついた。

「竜児だって言ってたじゃない」

　――なんの話だ？

「だ、だからその、ほら、できれば早く子どもがほしい、って……」

　説明するにしたがって未亜の顔が赤くなっていく。

『結婚するとなったからには、俺も早々に子どもがほしい。四十二歳だからな、今から仕込んででも生まれるころには四十三か』

　自分が言ったことを思い出し、竜児はやっと得心が行った。

「俺とおまえと子どものための庭か」

「う……、あんまりはっきり言わないで。ちょっと恥ずかしいんだから」

　木くずのついた軍手をはずし、未亜が手のひらでぱたぱたと顔を扇ぐ。暑い季節でもないのに、のぼせたような顔をしている。

「何も恥ずかしくないだろう。子作りのモチベーションも上がる」

「竜児」

「庭だけじゃなく、そっちの努力も必要だからな」

「竜児っ」

　この上なく顔を真っ赤にして、怒った顔で睨みつけてくる彼女を、ほんとうならば今すぐ抱きしめたい。抱きしめて押し倒して、いざ子作りと言いたいところだ。

「なんだ？　子作りはしないで庭だけ準備するのか？」

「そ、そうは言ってない、けど……」

ふう、と息を吐いて、大きく息を吸って。

未亜が顔を上げる。

「ガーデンパーティーのシーン、あったでしょ？」

「あったな」

あれがきっかけなのは、竜児にもわかっている。

「いいなって思った。いつか、竜児と子どもと一緒にガーデンパーティーをするの。鎌倉のおじさんと心花ちゃんも呼んで、みんなでね」

「楽しそうだ」

「本気で思ってる？」

「おまえのしたいことなら、俺だってしたい。未亜の望むことを叶えるのは俺だからな」

「……じゃあ」

彼女は一歩近づいて、竜児の首にかかっていたタオルの両端をつかむ。そのまま背伸びをして、竜児の唇を甘く塞いだ。

一瞬だけの、かわいらしいキス。

「庭も子どももほしいから、協力してね?」

「未亜がもういらないって言っても、スパルタで協力してやるよ」

両腕で未亜を抱きしめる。腕の中にすっぽりとおさまる華奢な肩、やわらかくしなやかな若い背中、そして胸元に当たる恥じらいを秘めた吐息。そのすべてが愛しい。彼女を守るためなら、竜児にできないことはない。

「やりすぎは腰によくないよ?」

「今のところ、だいたい先に音を上げるのはおまえのほうだってわかってるか?」

「っっ……、わたしは竜児の体を心配してるの!」

「俺も、俺の性欲と愛情を心配してる。もう二週間近く抱かせてもらってないからな」

「もう……」

今度は竜児のほうからキスをする。未亜がくれたキスへのお返しにしては、淫靡で長いキスだった。

逃げる舌を搦《から》め捕《と》り、何度も何度も吸い上げる。そうしていると、次第に彼女の息が乱れていくのがたまらなく扇情的だ。

「んっ……や、こんな、外で……」

「誰も見てない」

「……キスまで、だからね」

細い腕が竜児の背中に絡みつく。

「続きを我慢できなくしてやろうか」

「ベンチ、作れなくなっちゃう」

「ああ、そうだな」

ひたいに唇を押し当てて、続きは夜のお楽しみに取っておく。

未亜が無理をしすぎないよう、庭作業を進めるのも夫の役目だ。

「今日のうちに完成させる。ありがたいことに明日は日曜だからな」

「？　何がありがたいのかわからないんだけど」

「ベンチを完成させて、心置きなく未亜を朝まで抱くって意味だ」

返答に詰まり、口を開閉させる未亜を見下ろして、竜児はにやりと笑った。

†　†　†

竜児の宣言どおり、未亜は日曜日の明け方までさんざん喘がせられた。後半は、自分が何をしているのか、何をされているのかわからなくなるほどだった。

昼過ぎに起きると、ベッドに彼の姿はない。

「りゅうじ……？」

寝ぼけまなこで彼のいるはずの場所に手を伸ばし、すでにシーツがひんやりしていることに気づく。

もそもそとベッドから起き上がる。裸の体に空気が冷たい。

「っっ……！」

立ち上がったとたん、脚の間からとろりと昨晩の名残があふれてきた。覚えている限りでは、竜児は三回も未亜の中に白濁を放ったはずだ。

――あんなにしたら、あふれてくるのも当然だよ！

ひとりで赤面し、脚をぎゅっと閉じてしゃがみ込む。内腿を濡らす彼の愛情が、夜から朝にかけての甘い時間を思い出させた。

「うう、有限実行マンめ……」

愛情の行為は生殖の行為でもある。結婚してから、基本的に避妊はしない方針で愛し合っているふたりだが、今のところまだ子どもはできていない。

――竜児は絶対、いいパパになると思う。

彼に育てられた未亜には、その未来が想像できた。竜児の子どもを産みたいと、心から思っている。けれどそれと同じくらい、竜児とふたりで過ごす時間も好きだ。

よし、と気合いを入れて立ち上がる。昨晩の残り香を洗い流すため、未亜は寝室のシャワーブースに向かった。こういうとき、すぐにシャワーを浴びることができる環境はありがたい。

――まさか、こうなることを想定してシャワーブースを作ったわけじゃないよね？

竜児の場合、それがまったくないと言いきれないところが問題だ。二十一歳の年の差は大きい。彼には、未亜に見えない可能性の未来が見えている。年の功というのは侮れない。あるいは、もともとの性格によるのかもしれないが。


シャワーを終えて着替えを済ませ、リビングダイニングに下りていくと、竜児は窓際に立って通話中だった。こちらに背を向けているので、未亜が起きてきたことにはまだ気づいていないらしい。

「ああ、そうだ。――今から？　まあ、今から来てくれるっていうなら助かるは助かるが」

――誰と話してるのかな。

「先に言っておく。俺の未亜に色目を使ったら殺す」

――なっ……!?

「は？　ないって、なんで言い切れる？　未亜がどれだけかわいいか、おまえ知らないだろ。櫻井《さくらい》、あのな、未亜はかわいいんじゃなくて死ぬほどかわいいんだ。――うるせえ、惚れた弱みだ。ああ、わかった。じゃあ待ってるから頼む」

ワイヤレスイヤホンマイクで話していた竜児が、ため息をひとつついて通話を終える。

「……おはよう、竜児」

呼びかけた声に、彼はくるりと振り向いた。

「おはよう。よく眠れたか？」

「うん」

――眠れたよ。だけど、今の会話は何⁉　櫻井って誰ですか！

知らない相手に自慢された妻としては、自分が竜児の言うほど特別かわいい女性ではない自覚がある。実際に会って、その人を落胆させるのは未亜としても悩ましい状況だ。

「今からなんでも屋が来る。庭造りに関しては、プロを雇って解決するぞ」

「え、プロ？」

「大地さんのところの若いヤツだ。時間の都合がつけば、ふたりで来るそうだ」

「ふたりって、誰と誰？」

鎌倉大地は、関東で名の知れた圓龍会《えんりゅうかい》の傘下にある、蜆沢組《しじみさわ》という反社会的組織の若頭だった。三年前、彼は組を抜けている。どんな事情があったのか未亜には話してくれないけれど、大地が決めたことに間違いはない――と、勝手に思っていた。

大地は足を洗うときに、自分の下にいた若い者たちのうち、希望する者の足抜けにかかる金銭もすべて負担したと聞いている。今は複数の企業を経営し、足抜けした元舎弟たちに会社を任せているのだ。

——その中の誰かってことかな。

竜児の仲間たちより、おそらくひと回り若い世代だろう。どんな人が来るのか考えつつ、未亜は取り急ぎリビングの片付けに取りかかる。

「未亜、寝起きで掃除なんかしなくていい」

「いやいやいや、人が来るなら片付けないと」

「その前に食事だ。おまえはちゃんと食べないとすぐ貧血を起こすだろ」

キッチンには、竜児が作ってくれたらしいミネストローネと、いつの間に買いに行ったのか近所のベーカリーのバゲットサンドがあった。ミネストローネを温めて、バゲットサンドと簡単なサラダ、それにチーズを切ってテーブルに運ぶ。

「鎌倉のおじさんのところの若い人って、竜児は知り合いなの？」

少なくとも先ほどの電話の様子からして、まったく知らない相手ではないはずだ。

「なんでも屋は櫻井ってヤツだ。インターネット系から人捜し、情報操作、警察無線の傍受に不動産業まで手広くやってる」

——手広すぎるし、犯罪が混ざってるよ!?

バゲットサンドをかじりながら、未亜は無言で目を細めた。

「もうひとり来るかもしれないのがレオっていって、櫻井の相棒みたいなもんだ」

「レオ？」

「ライオンみたいな字づらの名前だな」

とりあえず、ふたりとも現役の危険人物の可能性があるのはわかった。おそらく竜児に負けず劣らずコワモテの男性が来るのだろう。

「……ケーキ、買ってこようかな」

「必要ならデリバリーサービスで頼めばいい」

「だって、お庭のことを相談するんでしょう？　わざわざ日曜日に家まで来てもらうんだから、お茶とお菓子くらい準備しないと」

「そういう感じのヤツらじゃないから心配すんな」

――そこは妻として、やっぱり気になるところなの！

食事の最中だったが、未亜はスマホで近所のコーヒーショップにデリバリーの注文をすることにした。ケーキを四種類に、甘いものが好きではなかった場合を考えてプレーンのスコーンをふたつ。

そして、一時間と経たずにふたりの男性が海棠家を訪れた。

「チッスチーッス！　初めまして、櫻井でーす！」

「どうも、お邪魔します。向井《むかい》と申します」

櫻井と名乗った男性は、金色と黒色の派手なバイカラーの髪をしている。左と右で色が違うのだ。服装からしても元極道には見えない。どちらかというと美容師かモデルをやってると言われたほうが納得しそうだった。

向井――こちらがレオという人だと思うが、彼は黒髪をオールバックにセットしてきちんとスーツを着込んでいる。きりっと太い眉が印象的だが、目つきが少々鋭いことを除けば普通の社会人に見えなくもない。

――でも、どっちも鎌倉のおじさんのところでお世話になってる人ってことは、そういう人って意味のはず。

「おう、あがれ。休みに悪いな」

玄関で言葉少なに彼らを出迎えた竜児が、早々にリビングへ歩いていく。

「あ、すみません。海棠の妻の未亜と申します。本日はお休みの日にご足労いただいて申し訳ありません。どうぞ上がってください」

海棠の妻。

そう名乗るのも、この一年で多少は慣れてきた。とはいえ、未亜にはこの手のあいさつをする機会があまりない。竜児の仕事関連の知り合いはもともと未亜を知っているし、新たな出会いの多い生活でもないからだ。

「わー、初めまして未亜ちゃん！　オレ、櫻井、こっちはレオ、よろしくね！」

「だからおまえはなんでそんな馴れ馴れしくできるんだ。すみません、未亜さん。お邪魔します」

対照的なふたりが、未亜の出しておいたスリッパを履いてリビングへ向かう。

――キャラ立ってるなあ……

そのうしろ姿を見送って、未亜はぼんやりそんなことを思った。

コーヒー豆を挽いて湯を沸かしていると、リビングから男性三人の笑い声が聞こえてくる。

未亜と話すときと比べて、竜児の口調がくだけていた。「じゃねえ」「てめえ」「やれっつってんだよ」この手の言い回しを、彼は幼い未亜の口が悪くならないようにと封印してきた。

――わたしは、たまに口の悪い竜児も好きなんだけどな。

結婚してもまだ、保護者を卒業できない夫である。未亜のために努力してきてくれたことを不満に思うわけではない。自分という存在が彼の人生を歪めてしまわなかったか。それがいちばん心配だった。

コーヒーを運んでいくと、三人はまだ楽しそうに話している。

「やっぱあれッスよ、『すらごつばっかり言いやがって』！」

「あー、こいつ、大地さんの声を着信音に設定してるんです……」

「マジか。いや、してえ気持ちはわからんでもないが」

「聞きます？　てか音源いります？」

櫻井がスマホを操作すると、「すらごつばっかり言いやがって！　すらごつばっかり言いやがって！　すらごつばっかり言いやがって！」と大地の声が聞こえてきた。

――ええ、方言バージョン！　鎌倉のおじさん、そういえば福岡《ふくおか》出身だもんなあ。

「あ、すみません、未亜さん。ありがとうございます」

向井と名乗った男性が、困り顔に薄く笑みを混ぜて頭を下げる。

「これ、俺の名刺です。何かあったらいつでもご連絡ください」

「ありがとうございます」

受け取った名刺には『向井獅王《れお》』という表記がされていた。なるほど、レオとはこういう字だったのか。未亜はライオンみたいな字づらの意味を理解した。

「未亜も座って、庭についての希望を話してやれよ」

「え、わたし？」

竜児が、自分の隣の椅子を指す。うながされて椅子に座ると、自宅だというのに妙な圧迫感を覚えた。三人とも長身で、元ヤクザということもあって表情に緊張感が漲るからかもしれない。

「あ」

違う。

竜児は元ヤクザではない。一応一般人（ギリギリ）だ。

「どうした」

「ううん、竜児は元極道じゃないんだなって思っただけ」

コーヒーを飲んでいた櫻井と獅王が咽《むせ》る。

「……あのな、未亜、俺はヤクザじゃない」

最近聞くことがなかった、かつての竜児の口癖のような言葉。

——あのころは、竜児の仕事も教えてもらえなかったんだから、ヤクザだと思っても仕方ないじゃない。

「今は知ってるよ」

「それはよかった」

「向井さんと櫻井さんも元なんですよね？」

ふたりがうなずく。

「いつも海棠がお世話になっております。本日はどうぞよろしくお願いします」

テーブルにひたいがつくほど頭を下げて、未亜が次に顔を上げたときには櫻井が大爆笑していた。なぜだ。

「いやっははは、やっぱい、これはわかるわ〜」

「おい櫻井」

「無理でしょ。そりゃ、海棠さんが牽制するのも納得っしょ。未亜ちゃん、おもしろカワイーね」

——おもしろかわいい？

きょとんとしている未亜の隣で、竜児が深いため息をついた。

「櫻井、てめえ。うちの未亜に手ェ出すんじゃねえぞ」

「出しませんって！　海棠さん敵に回すなんて怖くてできないし、オレの彼女が悲しみますから！　でも、海棠さんが未亜ちゃんをめっちゃくちゃ大事にしてるのはわかりました」

——手を出すなって、えええぇ、竜児、そういう意味で牽制してたの⁉

夫婦になって一年近いというのに、未亜を狙う誰かがいると思う竜児が謎すぎる。

「まあ、かわいらしい方なので海棠さんが心配されるのも当然かと思います」

しれっとそう言った獅王に、いっそう未亜は据わりが悪い。

——ううう、竜児のばかぁ！　でも大好き！

ヒーヒー笑いながら櫻井が目尻の涙を拭う。

「安心してください。オレら、大地さんからもしっかり言われて来てるんで、仕事はちゃ

んとやらしていただきます。もちろん、かわいい未亜ちゃんに手ェ出したりしないんで！」

「……わかった。笑いすぎだから、落ち着け」

咳払いをひとつした竜児が、コーヒーカップを口に運んだ。

「愛されてるねえ、未亜ちゃん」

櫻井の言葉に、未亜は曖昧に微笑むしかできなかった。さすがにこの流れで「ハイ！」と返事をするのはどうだろう。

愛されているのは自覚がある。竜児がどれだけ自分を大切にしてくれているかなんて、人から言われずともわかっているのだ。

——……でも、人から言われるとちょっと嬉しい。気恥ずかしくて、やっぱり嬉しい。

その後、櫻井と獅王は未亜の希望を細かく聞き出し、タブレットでサンプルとなる過去の施工例などを見せてくれて、海棠家の庭の構想がまとまった。

「イシドロはいいのか？」

話がまとまってひと息ついたタイミングで、竜児が突然謎の単語を口にする。

「イシドロって何？」

「おまえが言ってたんだよ。寝言で」

「イシドロ……」

しばし考え込んだあと、未亜はぱっと顔を上げる。

「石灯籠《いしどうろう》！」

庭の構想を練っていたときに、和風の庭園が候補にあった。石灯籠がネットで購入できると知って、いろいろと見ていた時期の寝言かもしれない。

「石灯籠、いりますか？」

まじめな顔で問いかけてきた獅王に、未亜は「いえ、結構です」と顔の前で手を振った。

† † †

『そりゃよかったじゃないか。お嬢ちゃんの庭ができあがったら、ぜひ私にも見せておくれよ』

イヤホンマイクから聞こえてくる大地の声に、未亜は元気よく「うん、絶対！」と答える。

なんでも屋の櫻井と獅王を紹介してくれた鎌倉大地は、竜児だけではなく未亜にもその後どうかと連絡をくれた。

「おじさん、心花ちゃんは元気にしてる？」

『元気でなけりゃ、私が困る』

「愛妻家だね」

『そうありたいと思ってるよ。竜児はそうじゃないのかい？』

「うーん、これ以上過保護になったら困るくらいには」

『ははっ、あいつは相変わらずらしい』

子どものころから知っている大地は、未亜のことを結婚した今でも『お嬢ちゃん』と呼ぶ。

ずっと女っ気のなかった彼が、ある日家事代行サービスの女性と一緒に暮らしていた。話を聞くと、ただのハウスキーパーではなく親子として生活していると言い出した。

相手は北見心花。現在は大地の妻で、鎌倉心花である。

心花は『お嬢ちゃん』と呼ばれ、大地にかわいがられていた未亜をうらやましいと思ったこともある、と言っていた。あれは初めて心花と会ったときだ。

——心花ちゃんとおじさんって、ほんとうにお似合いだなあ。

年の差はあれど、ふたりが並んでいる姿を見て親子だと思う人はほとんどいない。少なくとも未亜の目には最初から親子には見えていなかった。

——そう考えると、わたしと竜児はどうなんだろう。

大地との電話を切ったあと、未亜は自分たちのことを考えた。

コワモテの四十三歳夫（元半グレ）と、世間知らずの童顔の自分。一緒に歩いていて、たまにすれ違う人にギョッとされるのは、おそらく竜児がヤバい人相なせいだ――と、未亜は勝手に思っていた。もちろん、ただ怖い顔というだけではない。竜児はじゅうぶん整った顔立ちをしている。男性として、モテる部類だろうということもわかっている。

――今さらだけど、あの竜児の隣に妻として並ぶにはわたしは子どもっぽいのかもしれないな。

もっと大人っぽく見えそうな服を選ぶべきか。あるいはメイクを変えるべきか。

竜児が、未亜に何も望んでいないことは知っている。童顔だろうと、背が低かろうと、フェロモンが足りていなかろうと、彼は気にしない。そんなことを気にするのは、いつだって未亜だけなのだ。

――じゃあ、妻は夫のために何をすればいいの？　わたしは竜児に何ができるの？

そんなことを考えていると、庭に来ている業者が作業を始めた。想像以上に大きな音を発している。ご近所迷惑にならないか不安になるほどの音だ。そういえば、機械を入れるためにクレーンで吊って搬入をしていた。海棠家の玄関までの通路は、あまり広い作りではない。

「みーあーちゃん」

突然、外から大きな声で名前を呼ばれて未亜は目を瞠る。

――何ごと⁉

窓の外を見れば、櫻井が立っているではないか。

「櫻井さん、どうしたんですか？」

「海棠さんに頼まれてお迎えにあがりました。見てこれ。今日のオレは執事モード！」

黒いスーツに白手袋。たしかに前回会ったときとは服装がだいぶ違っている。ただし、どんな格好をしていても金と黒の左右で色の違う髪が目を奪うので、印象はあまり変わらない。

「執事モードはいいんだけど、お迎えってどういうことですか？」

「……未亜ちゃん、けっこうクールだね。執事モードはダメかー。刺さらなかったかー」

服装を執事っぽくしただけでは、人間は執事に見えないらしい。コスプレに詳しいわけではないが、櫻井を見ていてそれはわかった。

「で、お迎えってのはね、海棠さんからホテルへご案内するよう言われて来たワケ」

「ホテル？」

「そうそう。うるさいじゃん、工事。だから、かわいい未亜ちゃんをホテルに隔離したいんだってさ。いやー、マジ愛されすぎ？　溺愛だねー」

――っていうか、朝出勤する前に言っておいてくれてもよくない!?

今朝の竜児は、そんな話をひと言も説明せず、いつもどおりに鴨原の迎えの車で仕事に向かった。櫻井は悪い人ではなさそうだし、大地の関係者だというのなら信頼にも値する。

なので、竜児がホテルをとってくれたというのは嘘ではないだろう。

「いきなりホテルに隔離って言われても、何も準備してないんです。ちょっと支度をする時間をもらえますか？」

「りょ！」

「あ、あと、何日くらい滞在することになるんでしょう。着替えとか……」

「え、海棠さんから聞いてない？」

「……はい。すみません」

――りゅーうーじー!!

「騒音の期間ってことなら、たぶん四日もあればいいかなー。着替えは足りなければ海棠さんに買ってもらえばいいしね」

「はあ……」

竜児は金銭的に困っていない。だが、だからといって未亜が無駄遣いをするのは何か違う気がする。

「とりあえず、準備をしてきます」

未亜は櫻井に軽く頭を下げてから自室へ向かった。

旅行用のボストンバッグに下着と着替え、化粧品に充電器などを詰めていく。

たしかに竜児なら、騒音から未亜を守るためにホテルくらいとりそうではある。そして、前もってそんなことを言ったら、未亜から「お金の無駄！」と言われるのを察して、何も言わずに櫻井を迎えによこしたというのも納得だ。

――ちょっとやり方がずるいんじゃないの？

愛されすぎ#過保護。そもそも未亜をひとりでホテルに泊まらせるつもりなのだろうか。

竜児は自分と四日も会えなくて平気ということなのか。

考えるほどに腹が立ってきて、未亜はボストンバッグにぱんぱんに詰めた荷物を力任せに押し込んだ。ファスナーを無理やりしめると、部屋を見回して忘れ物がないか確認してから家を出る。

庭先で一度、現場主任にあいさつをしようとすると、櫻井が先に話していた。

「奥さん、しばらくお留守にされるんですね」

「あ、はい。ですので明日以降、作業開始の際のあいさつは――」

「だーいじょーぶ！　毎日オレが朝、入れるように中で待ってるからねー」

おまえは何者だ、櫻井。

「鎌倉のおじさん！」

停めてあった車の後部座席から、見慣れた顔がひょいとこちらを覗いてくる。

「よお、お嬢ちゃん。元気でやってるかい」

「えー、なんでなんで？　嬉しい！」

「相変わらずだね。まずは乗んなさい。話はそれからだ」

櫻井が助手席に乗るのを確認して、未亜は後部座席に乗り込んだ。たまに大地の渋谷のマンションへ行くものの、最近はたいてい心花と料理を作ってばかりいる。というのも、いくら自分が子どものころからお世話になっている相手とはいえ、新婚家庭にお邪魔して大地と話し込むのは礼儀がないからだ。心花を邪魔にしているのではない。心花のことが好きだから、彼女に少しでも嫌な思いをしてほしくなかった。

「ほらね、大地さん。オレ、疑われず未亜ちゃん連れ出せたんですよ。褒めてください！」

助手席の櫻井が、なぜか偉そうにふんぞり返る。

「おまえさんは器用な男だからねえ。とはいえ、お嬢ちゃん、相手が櫻井だからって油断して簡単についてくるようじゃいけないよ」

前半は櫻井に、後半は未亜に向き直って大地が言う。たしかに今日の自分は少し迂闊だったかもしれない。一度竜児に電話をかけて確認するという作業を挟むべきだった。

「はい、おじさん」

「いい返事だ」

「っちょ、待って、大地さん、未亜ちゃん！　オレ、褒められてない上になんか交通訓練の悪い例みたいに扱われてるの悲しいんですけど⁉」

ドイツ製の高級車が、静かに発進する。運転手の男性は、黙して語らず安全運転に努めていた。

「明日にでも、一緒に食事をしようと心花が言っていたんだが、都合はどうだい」

「心花ちゃんに会いたい。でも、竜児は仕事中だよね。わたしだけいいのかな」

「何、そのくらい昼食の打ち合わせと称してあいつも呼びつけりゃいいさ」

大地にかかると、世の中の大半のことが手回しできるのではないかと思うことがある。おそらく、未亜の界隈でもっとも尊敬を集める男が鎌倉大地だ。

「どこのホテル？」

「覚えてるかねえ。お嬢ちゃんの成人を祝いたくて食事をした、日本橋《にほんばし》のホテルだよ」

「！　もちろん覚えてる。あのときいただいたネックレス、ずっと大事にしてるの。おじさん、ほんとうにありがとう」

二十分後、車が目的地に到着した。

エントランスの前で、ホテルの制服を着たドアマンが軽く右手を挙げる。そのうしろに少し離れて、見慣れたオールバックの男が立っていた。

——竜児、仕事じゃないの？

車が一時停止した瞬間、未亜は急いでシートベルトをはずす。ボストンバッグを持ったまま座席から飛び出して夫に駆け寄った。

「竜児、どうしているの？」

「どうしても何も手配したのは俺だぞ」

「あ、うん。そうだけど仕事でしょ？」

「チェックインくらい付き添っても罰《ばち》は当たらないからな」

未亜の手から荷物を取り上げた竜児が、あとから降りてきた大地に頭を下げる。

「大地さん、すいません。ありがとうございます」

「なんだい、水臭いねえ。お嬢ちゃんのお出迎えなら、私はいつだって大歓迎だよ。なあ、お嬢ちゃん？」

「おじさんとわたしの仲だもんね」

見守る竜児が苦笑する。どうにも大地といると、いつもより子どもに戻ってしまう。

――大人っぽくなろうと思っていたのに、ダメだなあ。

だが、気づいたときが修正のタイミングだ。未来のいつよりも、『今』がいちばん早い。

未亜は心花を思い出して、穏やかな笑みを浮かべる。

「おじさん、櫻井さん、今日はほんとうにありがとうございました。お付き添いいただき光栄です」

自分では、ちょっといい感じにできたのではないかと思ったのだが――

「……どうしたんだい、熱でもあるんじゃないかね」

「未亜ちゃん……っていうか、誰……」

ふたりの反応は想像と違っていた。

「ぶっ」

「りゅ、竜児っ！」

こらえきれないとばかりに笑い出した竜児に、怒りと羞恥の矛先を向けるのは許してほしい。

「あっははは、ひでえな、こりゃ」

「ちょっと！　わたしがちゃんとしようとしてるのに、そんな笑うことないでしょ！」

「いや、無理してるところもかわいいって意味で言ってるんだよ」

「絶対嘘！」

「ああ、わかったわかった、あんまりキャンキャン吠えるなって」

「ううう……」

睨みつけた先で、笑いすぎた竜児が人差し指で眦《まなじり》を拭う素振りをする。

「相変わらず仲がいいようで安心だねえ。それじゃ竜児、私はこれで失礼させてもらう。いいかい、お嬢ちゃんを困らせるんじゃないよ」

「ありがとうございます、大地さん」

ほかの誰にもしないような、腰から体を折りたたんだ深いお辞儀。未亜もならって頭を下げる。

「よしとくれ。周りの人がびっくりしちまう。櫻井、悪いがこの先も竜児んとこの庭を頼む」

「はい、任せてください！」

みんなの大好きな大地を乗せた車が去ると、タイミングを見計らったドアマンが「ようこそ、海棠さま。お待ちしておりました」と声をかけてくる。一流ホテルのドアマンは、以前に来たことのあるゲストを覚えているというが、竜児の顔もわかるらしい。

† † †

一週間のホテル生活で竜児と堕落しためくるめく日々を送った未亜は、久々に帰宅した自宅の庭を前に目を丸くする。

「えっ、すごすぎない……!?」

隣に立つ竜児が、静かに微笑んでいた。その笑みに「やれやれ」という含みがあるのはこの際見逃そう。彼は先に完成した庭を確認し、未亜を連れ帰ったのである。

「ねえ、竜児、すごいよ。見て、あの屋根つきのスウィングソファ、ブランコみたい！」

当初、ブランコがほしいと言っていた未亜だったが、よく考えたら早くに設置していざ子どもが生まれてブランコに乗るころには風雨にさらされて古くなっている可能性もあると考え直した。だが、ブランコへの憧れをうまく消化できなかったところに、スウィングソファである。

全面に芝生を張り、壁際には背の高い木々が配置されている。木の根元には白い小さな花がいくつもついたアリッサム、色とりどりのプリムラが植えられていた。

庭の中心より東側に、外壁と同じくらいの高さがあるテラス屋根。その下の部分だけ優しい色味の石畳になっている。石畳の上にはおしゃれなガーデンソファが二脚、雨の日でもお茶ができそうなスペースだ。

そして、西側に奥まって屋根のついた丸いフォルムのスウィングソファが設置されていた。

白いフレームに白い籐編みのようなデザインの座面。その上に座面を覆うクッション性のある薄手のマットレスが置かれ、背もたれにはクッションが準備されている。竜児が四人は座れそうな幅広の作りなので、未亜ならベッドとしても使えるかもしれない。

「座ってみるか？」

「うん！」

未亜は竜児の手をつかんで、スウィングソファへ駆け出した。

先日まで無表情だった庭が、今では遊び心にあふれた楽しい場所に変わっている。ひそかに未亜の作ったベンチも活用してくれたところがにくい。壁際に置かれたベンチには、寄せ植えの鉢が三つ並んでいた。

――ブランコは、象徴だった。

幸せな家族。幸せな結婚。

竜児に差し出せる幸福がほしかった。もしかしたらそれが、自分にできる何かなのではないかと思った。

――だけど、ほんとうに大事なことは……

「せーの」

ふたり同時に腰を下ろす。足を芝生につけたままだと、スウィング部分はあまり大きく揺れないらしい。

「なんか、広いね」

「未亜なら横になれそうだな」

「靴脱いだら、脚乗せていい？」

「ああ」

彼の許可を得て、未亜は靴を脱ごうとする。

「違う」

「え？」

竜児の座る左側に、左脚が引き寄せられた。彼の膝の上に脚を乗せられ、竜児の手で靴を脱がされていく。その仕草がやけに恭しく見えた。

「なんか竜児……」

「執事っぽいか？」

「そんなこと言ってない。ていうか、手つきがいやらしいよ！」

トレンチコートを着た竜児が、未亜の左脚を持ち上げる。

「きれいな脚だ」

「わたしは竜児の脚が好きだよ」

両方脱がされてストッキングの脚を彼の膝に置いたまま、未亜はクッションをずらして座面に横になってみる。

「あ、けっこう楽しい」

「乗り物酔いにならないか？」

「あんまり揺らさなければ平気、かな」

足先を竜児がコートの中に入れてくれる。彼の腿に乗せた膝下が温かい。

仰向けに見上げる屋根は、白い。その向こうには冬の青い空が広がっている。

「幸せ～……」

未亜はとろんと眠気が肩先から立ち上ってくるのを感じていた。冬の晴れ間の暖かな日。

睡眠不足の原因は、完全に竜児にある。昨晩——というか、今朝まで思い切り抱きつくしてくれたおかげで、体はくたくただし頭はぼうっとしているし、脚の間はかすかにひりついている。

——あそこまでヤリつくす必要ってある？　いやなわけじゃないんだけど！　愛されてるのはわかってるんだけど!!

「未亜、こんなところで眠るなよ」

「うん」

「寝たら俺がベッドまで運んでやる」

「えー、優しいね、竜児」

「ベッドについいたら、もちろん朝の続きだ」

「……鬼か」

「鬼神は大地さんの専売特許だから、俺は悪鬼ぐらいがちょうどいい」

龍を背負った男は、自分を悪鬼だと笑う。あの性欲は人間を超越していると言っても過言ではない。そういう意味では鬼というのはあながち間違っていなかった。

「竜児は午後から仕事に戻るんでしょ。お昼作ろうか？」

「いや、ホテルのモーニングブッフェでまだ胃もたれしてる」

体の大きい竜児は、未亜の二倍の量を軽く食べる。ジムでトレーニングしていることもあり、年齢のわりに基礎代謝が高いのだろう。

「ねえ、竜児」

「ん」

「ありがとう」

――ステキなお庭を造ってくれて。

庭を造りたいと思ったきっかけは、映画だった。だが、それ以前から自分の中にくすぶる感情があることを、未亜はなんとなく察知していたのだ。その思いを庭にぶつけていた。ある意味、八つ当たりだった。

長年勤めた『ファルドゥム』を辞めたのは、引っ越しだけが理由ではなかったと思う。実際、ここからでも通おうと思えば通えないことはないのだ。

竜児との夫婦という関係性を強化したいと思った。そのためには、もっとふたりで過ごす時間が必要なのではないかと考えた。

それで専業主婦の道を選んだというのに、日がな一日家にいる生活に早くも不安を覚えてしまったのである。竜児は、基本的にひとりでなんでもできる男だ。未亜がいなくて困ることはない。それどころか、未亜よりも長年家事をやってきただけあって、何をやらせてもうまい。

夫婦とはなんだろうか。

そばにいて、お互いを大切に想い合っていて、一緒にいることで幸せになれる人。

だが、それはほんとうに婚姻届がなければ作れない関係性かと考えると、事実婚だって同じに思えてくる。未亜が竜児の扶養家族になれるとか、同じ名字になれるとか、そのくらいの変化しかなかった。

結婚したいと思ったし、今でも結婚できたことを嬉しいと思うのに、彼のために何かができる自分になれていないことが不満だったのだ。

――子どもがほしい、と思った。だけどきっと、竜児との子どもが生まれたら、もっと家族らしくなれるんじゃないかと期待していた。そんなの、ずるい。何か違う。

「ふたりの時間も、大事だよね」

やっとそこに立ち戻れた。そんな気がする。

「ああ、そうだな」

「でも、竜児は子どももほしいでしょ?」

「子どもな。ほしくないとは言わないが、うちには大きめの子どもがひとりいるから、コイツひとりでじゅうぶんだと思うときもある」

「失礼だな。わたしはどっちかって言ったら小さめの大人だよ」

「俺から見れば小さめの子どもだ」

ふっと笑った彼の目が優しい。ザラついたハスキーな声が未亜の耳にはどんな音楽よりもやすらぎをくれる。

「わたしは、竜児に新しい家族を作ってあげたい。それは、わたしにしかできないことだから」

体を起こして、彼の上から両脚を下ろす。スウィングソファの上に膝立ちをして、未亜は竜児の頬を両手で挟んだ。

「ほかの女じゃ、竜児の子どもを産んでくれないよ。わたしだけ。そうでしょ？」

「……ああ、そうだ。おまえだけが俺に抱かれる権利を持つ女だ」

「何それ、権利って」

「不満か？」

「おおいに不満」

「だったら言い直す。俺が抱きたい女はおまえだけだよ」

「上出来！」

彼の唇にちゅっとキスをした瞬間、同時に竜児が未亜を抱き上げた。

「ひゃっ、ちょ、竜児っ⁉」

「ここでブーツを履き直すのも面倒だろ。このまま部屋まで運んでやる」

——それはそうだけど、なかなか強引すぎない？

もちろん、不満はないのだ。彼に愛されて、彼を愛して、未亜の生活は幸福に包まれている。

「午後の仕事、何時から？」

「十三時に鴫原が迎えにくる」

現在、十一時十七分。

抱っこされたまま玄関に運ばれた未亜は、竜児の耳元に顔を寄せた。

「じゃあ、一ラウンドだけならできそうだね」

小声で言うと、竜児がぴたりと足を止める。

「……誘ったのは未亜だから、忘れるなよ？」

「うん、忘れない。でも優しくしてね。睡眠不足なんだから」

「夜までぐっすり眠れるように、寝かしつけてやるよ」

ふたりがそのまま、二階の寝室へ上がっていったのは言うまでもない。

† † †

翌週の土曜日。

海棠家では、初めてのガーデンパーティーを開催した。庭の改築が終わる前に、竜児はケータリング業者とデコレーションデリバリー業者を手配していたという手際のよさだ。

冬をイメージした雪アーチや、バルーンアートで作ったクリスマスツリーに囲まれて、集まった面々が料理をおいしく食べる。幸せな時間だった。

この日、集まったのは鎌倉大地・心花夫妻、向井獅王・環奈《かんな》夫妻、櫻井夏梅《なつめ》と門倉満花《かどくらみつか》のカップルである。後半に櫻井によるサプライズがあったものの、皆とても楽しんで帰っていった。

ケータリング業者が機器と皿の回収を終えたあとの庭で、竜児と未亜はスウィングソファに身を任せている。すでに空には冬の星が見えはじめ、あたりは暗くなっていた。

寝室から持ってきた厚手の毛布がなければ、冬のこんな時間に外で過ごすなんて自ら風邪をひく自殺行為でしかない。

「寒くないか?」

「うん」

竜児がスウィングソファに仰向けになると、膝から下がはみ出る。けれど、彼はあえてそうして自分の上に未亜を乗せたがった。未亜はうつ伏せになって、ふたりは正面から抱き合う格好だ。

互いの体温を毛布が包み込み、思ったよりも寒さは感じない。

「なんだか、キャンプの夜みたいだね」

「キャンプファイヤーがあれば、もう少しあったかいんだろうな」

「いらないよ。竜児がいればいいの」

「俺は暖房器具か」

「ふたりでいればどこでもあったかいってこと！」

「ハ、なるほどな」

小さく笑う彼の鼻を、未亜は指先でつまんだ。

「おいこら、やめろ、未亜」

鼻声になるところがかわいい。

「竜児がバカにしたみたいに笑うのが悪いですー」

「ったく、体ばかり大人になりやがって」

そう言って、竜児が毛布の中で未亜の両胸をやんわりとつかんだ。

「やっ……な、何、こんなところで……」

「何って、かわいい妻の体で暖を取ってるだけだろ？」

絶対それだけではないという含みのある目をして、竜児がにやりと笑む。

――う、いくら竜児でもこんなところでするとは思えないけど……？

「そ、そういえば、竜児ってキャンプなんて行ったことあるの？」

「まあ、ガキのときにな」

「わたしもあるよ」

「小学校の野外キャンプだろ。五年生だったか」

「……よく覚えてるねえ」

そう言った未亜を見て、彼が眉根を寄せる。

「おまえな……、あのとき、『竜児と離れるなら行かない』って泣いたのはどこの誰だ？」

「ええっ、そんなことあった⁉」

小学五年生にもなって、自分はそんなことを言ったのだろうか。

——言いそうな気もするから困る。

「これだから未亜は、都合の悪いことは忘れる。今日は焦らしの刑だな」

「何、その刑……」

「教えてほしいか？」

「いい、聞かない、聞きたくなーいっ」

クックっとのどを鳴らして笑う竜児の、やけに楽しそうな表情が心に残る。

「ねえ、竜児」

「どうした」

「今日、ほんとうにありがとう」

「おまえの望むことなら、俺はなんだって叶えるって言ってるだろう」

「だけどね、わたしだけじゃなくて竜児も楽しかったらいいなって思ってるの。よくばりかな？」

彼はいつだって、未亜の願いを叶えてくれる。コワモテの完璧な魔法使い。

同じくらい、自分は彼に返せているだろうか。竜児を幸せにできているだろうか。彼に楽しんでもらえているだろうか――

「楽しかったよ。俺は未亜の幸せな顔を見るのが生きがいだからな。知らないのか？」

「……実は、ちょっと知ってる」

「だったら言わせるなよ」

「聞きたいの。何度でも聞いて、何度でも安心したい。わたしは、竜児に必要な存在なんだって……」

どちらからともなく、ふたりの唇がゆっくりと重なった。

庭に設置された間接照明の明かりが影を落とす。キスは甘く、冬は寒い。海棠夫妻は、いつだってお互いを愛し愛されている。

「竜児は、わたしの大事な家族だもの」

「おう」

「ずっとそばにいて、ずっと守ってくれた。それから、あったかいおうちを与えてくれたね」

子どものころから、彼しか見えなかった。初恋は叶わないとよく耳にする。だが、未亜の初恋は見事に成就し、結婚までたどり着いた。それでも結婚はゴールではなくスタートなのだ。これから先、ふたりでどんなふうに幸せに生きていくか。彼の隣にい続けるために自分は何ができるか。考えずにはいられない。

「それと、ずっとずーっと大好きな人だよ」

「奇遇だな。俺も同じだ」

「ずるい！　ちゃんと言葉で言って」

「言ったも同然だろ？」

「聞きたいの！」

もう一度キスすると、唇が離れた瞬間にザラリとかすれた声がささやく。

「好きだ」

「……うん」

未亜は、ぎゅっと竜児の体に抱きついた。この人がいてくれてよかった。この人と出会えてよかった。竜児と結婚できた人生の喜びを、未亜は何度も噛みしめる。

「それでね、今は大事な夫なの」

「俺はおまえの素直さが眩しいよ。これが若さってやつか」

「突然オジサンっぽいこと言うところも好きだから安心してね」

密着した体が、互いを求めはじめる。竜児の中心に熱が集まっていくのを下腹部で感じる未亜もまた、彼を求めて体の深いところに甘い予感が澱《おり》を成していた。

「言葉で足りないなら、体で教えてやるよ」

「え、あの、待って」

「俺の言葉だけじゃ物足りないんだろ？」

「そうじゃない！　そうじゃなくて、あっ、嘘、竜児!?」

ワンショルダーのデザインワンピースは、肩紐がずらされている。丈の長いスカート部分が、いつの間にか膝上に布を寄せられていた。

竜児の膝が未亜の太腿を割る。その時点で、体が早くも彼を欲してしまう。

――言葉だけでも、体だけでも足りない。そう、わたしはわがままだ。竜児の愛をいつもたっぷり求めてる。

ゆっくりと下着の中へ入り込む彼の指先が、思っていたよりもずっと温かい。

「……外にいるのに、竜児の手、あったかい」

「未亜の胸でじゅうぶん温めてもらったからな？」

先ほど、胸をつかんでいたのは暖を取るためだったと――

「暖房器具はわたしのほうじゃ――あ、あっ」

くちゅり、と指が体の中に入ってきた。声が出てしまうのを防ごうと、未亜は片手を口に当てる。

「もう濡れてる」

「や、言わないで」

「バカ、褒めてるんだぞ」

奥を指先でほぐしながら、竜児が服の上から胸を食む。焦れったい快楽に、未亜はかすかに身を捩った。

「俺の女になって、身も心も馴染んできているってことだろう？　おまえの全部が俺を受け入れてくれる。そのことが、どれだけ嬉しいかわかってんのか？」

「ぁ……ぁ、あ、竜児……」

隘路を撹拌する中指と薬指、花芽に添えられた親指が中の動きに合わせて揺れる。次第にぷっくりと膨らんで、快楽の粒が蜜にまみれていく。

太く長い指は、未亜を器用に押し広げる。優しく、それでいて切実に、的確な速度で快楽を引き出すのだ。

「ひぅ……っ……、や、奥、そんなにしないで……」

「嬉しそうに咥え込んで言うことかよ」

しとどに濡れた蜜口は、竜児の指をきつく締めつけている。

すでに媚蜜は彼の手のひらまでしたたり、糸を引いていた。それでも指戯を続けるのは、いつものことだ。竜児は挿入前に、一度未亜をイカせたがる。それが一度できかないこともあって、未亜は「挿《い》れて」と懇願することになる。

「んっ……親指、や、もぉ……」

花芽が引きつれるような快楽に溺れ、未亜は夫の上ではしたなく腰を左右に揺らす。自分の動きで、いっそう彼の指が強く感じられてしまう。

「未亜、自分で服まくって」

「そ……んなの……」

「できるだろ。いい子だから」

上半身を起こす。その結果、竜児の指をさらに深く呑み込む格好になった。

力の入らない指先でニットとキャミソールをまとめてめくり上げる。白いブラジャーが夜気の中、淡く発光するように鮮やかだ。

「これで、いい……?」

「足りないだろう?」

わかってるくせにと言いたげな表情で、竜児がこちらを見上げてくる。

――そうだよ。わかってる。だけど、自分から下着をはずすのにはちゃんと文脈が必要なの。

未亜は背中に手を回し、ブラのホックをはずした。

「来いよ」

魅惑的な声が、誘う。

夜の中、屋外だというのにまるで世界にふたりきりで取り残されたような庭。高い壁に囲われた、誰も入ってこないふたりだけの場所で、未亜は竜児の顔に自分の胸を近づける。自分から、彼に乳首を吸わせる動きで。

「いい子だ。こっちもかわいがってやるから、まずは一回」

イッちまいな――

竜児の声は麻薬だ。未亜から正常な思考と判断力を奪う。中毒性があって、一度知ったらもうやめられない。その声を聞きたくて、未亜は自分から体を差し出してしまう。

「ぁ、あ、やだぁ、竜児、りゅ、じ……っ」

「中、ヒクついてきてる。もうもたないか？」

彼の問いかけに、声も出せずに二度三度と首を縦に振った。

「っっ……、ぁ、あ、あッ――……」

ぎゅうっと蜜口が収斂する。指の根元を引き絞り、未亜は余韻を閉じ込めて体を震わせた。

この快楽の深淵を、愛する男と覗く瞬間。

どうしようもない悦びと、どうしようもない切なさと、どうしようもない愛情で満たされていく。

「まだ始まったばかりだ。どうせここには誰もいない。安心して感じていい」

「や、ダメだよ。あとは部屋に戻って……ん、ぁッ」

続きは寝室で――と言いたい未亜に、竜児が強く吸いついた。胸の先端を色づいた部分まで大きく口に含み、彼は舌先を淫らに躍らせる。達したばかりだというのに、未亜の体は次なる悦びへの期待で甘くしなった。

もちろん、指はまだ蜜路に埋め込まれたままだ。胸と花芽と隘路の三カ所を同時に責められている状態で、感じないなんてできるはずもない。

「～～～っっ、ぁ、あ、ダメぇ……っ」

竜児の頭を抱きしめて、未亜は懸命に腰を浮かそうとする。だが、逃げを打つ腰を諌めるように、竜児がきつく乳首を吸った。

「ひぅッ」

「夜は長い。焦るなよ」

――だってこんな、外でするなんて……！

禁忌は欲望を深める。いけないことだと思うほどに、未亜の体はひどく反応していた。

「ぁあ、あ、いやぁ……、気持ちぃ……、すごいの……っ」

返事はない。竜児は未亜の胸を頬張り、舌全体を使って執拗に先端を舐ってくる。その間も、隘路と花芽への愛撫はやまない。

初めて抱かれたあとすぐに、竜児は未亜に淫らな癖をつけさせようとした。

何度も達しやすくなる——いわく、イキ癖である。

——もう、ついちゃってる。イキ癖ついて、竜児にされると何度も連続してイクようになっちゃってる……！

ガクガクと腰を揺らしながら、未亜は短く浅い呼吸を繰り返した。

「やぁぁ、ダメ、ダメぇ、イッちゃうからっ」

「そうか？　仕方ないな」

いつもならどんなにやめてと言ってもやめてくれない竜児が、すっと指を抜く。突然解放された体が、今度はもどかしさに震えた。

「ぁ、竜児……？」

「いやなんだろう？　俺だって愛する妻に拒まれて無理やり犯すつもりはない。安心したか？」

彼はありえないくらいににっこりと笑ってこちらを見ている。その笑顔に裏があるのは明白だ。

「それじゃ、部屋に戻るか。未亜、寒かっただろ。先に行ってエアコンを——」

「やだ……」

体を起こそうとする竜児の袖口を、未亜はぎゅっとつかむ。

「イジワルしちゃやだ。竜児、お願い」

「ん？」

――絶対にわかってるくせに！

それでも、ふたりの間の大事なことだとわかっているから、未亜はその言葉を口にするのだ。

何度言っても恥ずかしい、そのひと言。

「……い、れて……」

彼は黙って未亜を見つめている。聞こえなかったわけではないだろう。

「お願い、挿《い》れて、竜児がほしいの」

頬が赤いのは寒さが理由ではない。

彼に懇願するたびに、自分が竜児の女だと自覚させられる。彼を受け入れて、奥まで深くつながる悦びを知ってしまった。もう知らないころには戻れない。

「俺の未亜は、世界一かわいいな」

「な……、あ、あッ!?」

沈黙していた間に、彼の欲望は破裂せんばかりに昂ぶっていた。それがめりめりと蜜口に割り込んでくる。

「ああ、かわいい。かわいすぎる」

「ふ、ぁ、ああ、や……っ」

亀頭が粘膜を押し広げ、奥へ奥へと侵入してきた。太い根元を蜜口に密着させた竜児は、安堵にも似た長い息を吐く。

「――っ、ぁ、奥ぅ……」

「全部入っただろ？　未亜の中に隙間は残さない」

体の大きさに比例するものなのかは不明だが、彼の劣情は未亜からするととても大きい。いつも根元まですべて受け入れると、最奥がひりつく。だが、次第にわかってきたことがある。ヒリヒリと痛いようなもどかしいような感覚があるのは、快感の予兆なのだ。

「全部、竜児をちょうだい」

体重をかけて、彼の体に抱きついた。

「いつだって俺は全部おまえのためだけに存在してる。知らなかったのか？」

「知ってる。だから、今日もちょうだいってお願いしてるんだよ」

未亜の言葉に、耳元で甘くかすれた笑い声が短く響いた。

「素直でよろしい」

彼の両手が腰をつかむ。突き上げる刺激をすべて未亜の中に叩き込むために、その手は腰を固定するのだ。

「ひ、ぅッ……！」

いつもと同じ抽挿が始まると予想していたところに、違う動きが未亜を襲った。

最奥に切っ先をあてがったまま、竜児はスウィングソファの上で腰を横に揺らす。いや、ただ横に揺らしているのとは違った。未亜の中に円を描くような動きだ。

——何、これ⁉

縦の動作と違って、奥に密着したまま、ごりごりと太幹でかき回される。思いもよらぬ刺激に、反射的に腰が逃げを打つ。けれどそれを見越していた竜児は、当然逃がしてくれない。

「やあ、あ、あっ、何、すごい、これ……っ」

「さすがにあまり声を出すと、隣近所に聞こえるぞ」

「っっ……竜児の、せい、なのに……っ」

「ああ、俺のせいだ。未亜が感じてイイ声出すのは全部俺のせいだから責任をとる」

腰をつかんでいた手の片方が、後頭部に回された。ぐいと引き寄せられ、ふたつの唇が重なる。

吐息も嬌声も、彼の口に食べられてしまう。

——わたしの全部が、竜児に呑み込まれていくんだ。

つながるふたりの体が、スウィングソファの揺らぎに合わせてリズムを刻む。奥だけを重点的に抉られて、快楽の波が押し寄せた。

「っっ……！　ん、んぅ……ッ」

ぎゅうう、と粘膜が竜児を引き絞る。絶頂による蠕動は、彼の劣情に射精をうながすように、根元から先端にかけて収斂した。

キスから逃げて、顔を背ける。は、は、と短く息をすると、その呼吸に合わせて竜児が腰を突き上げはじめた。

「なっ……んで、あ、あっ、ダメ、イッたばかりだって……」

「俺がまだだろう？」

ギッ、ギッ、と真新しいスウィングソファが軋む。竜児の動きが激しすぎるのだ。

――ソファはこんなことに使われる想定で作られてない！

濡襞を突き上げ、甘い束縛の楔を打ち込む夫が未亜の体を強く抱きしめた。

「庭ができたからには、今度は子作りだな」

「ぁ、やああ、ダメ、今は、んっ……、出さないで……っ」

「出さなきゃデキない」

「今、出されたら……ッ、イッ……」

――絶対、イッちゃう！

竜児が毛布で頭まで覆う。ふたりは夜空の下、毛布のテントに包まれて腰を打ちつけ合

った。

ふたりだけの世界。

ふたりだけの愛情。

ふたりだけの、庭で。

「や、ああ、またイク、イッ……」

「俺に抱かれてイッちまえ」

ずぐんッとひときわ深く、竜児が腰を跳ね上げた。

彼の雄槍が根元から先端にかけてポンプのように白濁を送り出す。張り詰めた亀頭がブルッと震えた。

「〜〜〜っっ、あ、ああ、出てる……っ」

「未亜……ッ」

これ以上は入らないというくらい深いところで、竜児の精が吐き出される。

熱く濡れて、彼を招き入れる体が、すべてを呑み込もうとしていた。

「あ……ぁ……すご……ぃ……」

おさまりきらない液体が、ふたりの衣服にシミを作る。

「たしかにすごいな。未亜の中は、まだまだ俺を搾り取る気らしい」

——え？　待って、何言ってるの？　わたしはじゅうぶん限界だけど!?

その気持ちが顔に出ていたのだろうか。竜児は目元を緩めて未亜の頭を撫でる。

「二回戦がはじまる、って意味だ。わかるだろ？」

「わ、わからない！」

「お、中は嬉しそうに締まったぞ。未亜より物わかりがいいみたいだな」

「そ、そこは返事なんてしないっ」

「試してみればわかる」

海棠家の庭は、妻の願いを叶える。

海棠家の庭は、夫の願いも叶える。

愛の庭へ、ようこそ。

第二話　Innocent

「かんなせんせい、ばいばーい！」

小さな手が大きく揺れる。

「しょうたくん、また月曜日に会おうね。気をつけて帰るんだよ」

「はーい！　またね！」

オフィスビルの二十七階フロアに、園児の声が響いた。環奈の働く認可外保育施設——いわゆるオフィス内の託児所はビルの西側フロアに位置する。東側フロアとの間にエレベーターホールがあり、朝と夕方にスーツ姿の社会人と託児所に来る子どもたちが混在する不思議な空間だ。

「いいねいいねー、環奈先生、子どもを見送る。優しい笑顔がとってもステキ！　結婚しても変わらないあったかーいまなざし！」

そこに、スマホのカメラを向けてくるひとりの男。名を櫻井夏梅という。左右の髪を黒と金のバイカラーにした、なんとも派手な出で立ちはオフィスで働く者とも託児所で働く者とも思えない。まんざらこの界隈と無関係とも言いきれないこの男は、東側フロアにオフィスを置く向井獅王と公私にわたるパートナーである。ちなみに獅王は、環奈の元義兄であり現夫という複雑な関係の元極道だ。獅王がヤメゴクなら、当然パートナーの櫻井も同様。

しかし、そんな彼らの肩書に、環奈が恐れをなしたことは一度もない。

「櫻井さん、託児所近隣での撮影、録音は禁止って前にも言われてましたよね？」

にっこり微笑んで疑問形の語尾で締める。そう、以前にも園児との会話を録音されて消させた経緯があった。

「カメラを通して覗いてるだけで、ぜんぜん録画も録音もしてないよー」

「李下に冠を正さず、です。疑われる行動はしないほうがいいです」

「うう、環奈せんせえ、きびしぃ……」

メソメソと泣くふりをして、櫻井がスマホをポケットにしまう。

界隈ではなんでも屋として名を馳せる櫻井だが、常識はある。常識を持っていても、活用するかしないかの問題だ。

「今日は獅王に用事ですか？」

「んーん、帰り道に寄ってみたの。ほら、オレの顔見ないと環奈ちゃんもレオも寂しいかなーと思って」

櫻井はポジティブだ。そして、好奇心でどこにでも顔を出す。このあたりが彼のなんでも屋としての技能に役立っているのかもしれない。

「環奈ちゃん、もう仕事終わり?」

「さっきの子が最後だったので、あとは片付けだけです」

「りょうかーい。そんじゃ、レオを冷やかしてくるからあとで一緒にごはん食べようか」

「あ、はい」

返事をしたときには、すでに櫻井は東側フロアに向けて歩き出している。手の甲をこちらに向けて、ひらひらと振るうしろ姿を見送って、環奈はここで働くことになった経緯を思い出していた。

† † †

環奈は、血のつながった家族と縁が薄い。

四歳のときに父と母が離婚した。その後、環奈は父親とふたりで暮らしていたが、七歳のときに父が再婚して新しい母と三人暮らしになった。その相手が獅王の母親である。

けれど、三人の幸せな暮らしは長く続かなかった。一年後に父が亡くなり、その翌年に継母は環奈を連れて元夫と再婚した。自分だけが血のつながらない家族で暮らすことになった。環奈が九歳のときのことである。

それから住むことになった家が、向井獅王の生まれ育った場所だ。環奈は、獅王の母親の養女として向井家の一員に迎えられた。

十二歳の義兄ができた日のことを、よく覚えている。

「こんにちは、はじめまして」

獅王が右手を差し出してくれたとき、環奈はもじもじとスカートをいじりながら彼を見ていた。

「はじめまして、あの、おにいちゃん……っ」

のちに獅王から聞いた話では、環奈はこわばった顔で声は震え、みつあみが捩れて、泣きそうな顔をしているのに無理に笑っていた――らしい。

向井家で暮らすようになって、環奈は健やかな日々を送っていた。血のつながりはないけれど、両親ときょうだいのいる生活。環奈が十歳のとき、向井家に次男が生まれた。義弟の那王《なお》だ。那王が生まれて、五人はあらためて家族になった。

けれど、穏やかな毎日は突然終わりを告げる。環奈の実の母が現れた。

実母は堕落した生活を送り、金に困って環奈を使って稼ぐために迎えに来たと、平然と言い放った。当然ながら、娘を思っての行動ではない。中学一年、ダブルの母親に似てきた時期のことだった。実母はあやしい男と手を組んで、環奈を連れ去ろうとした。

獅王は、何度も母から環奈を守ってくれた。ときに体を張って、ときに未来を棒に振って、それでも義妹である自分を守り続けてくれた人。

もしもあのとき、実母に連れていかれていたら自分の人生はどうなっていただろう。考えるだけで恐ろしい。

義兄であり、初恋の相手である彼を想う気持ちは、決して表に出してはいけないものだと環奈にもよくわかっていた。家族でいなければいけない。そうでなければ、引き取ってくれた向井の両親に申し訳ない——

実母は、のちにあっけなく事故で命を落とした。その後、いろいろな事情から獅王と環奈は向井の家を出てふたりで暮らす道を選んだ。当時ふたりは、二十一歳と十八歳。獅王は大学を辞めて、極道に身を落としても環奈を守ろうとしてくれた。

大学に通う四年間、環奈は大好きな義兄と幸せな時間を過ごした。

大好きな人と愛猫とのふたりと一匹の日々は、彼を自由にするために終わりを迎える。いつまでも守ってもらっているばかりではなく、環奈もまた獅王の未来を守りたいと強く思っていたのだ。

二十二歳で彼のもとを離れ、幼稚園教諭として働くようになって四年後。二十六歳の環奈は、実母の呪いから離れてなお、厄介なストーカーに悩まされていた。そこに助けに現れたのは、誰あろう獅王だったのである。

再会した彼は、偽りの結婚を提案してきた。

ストーカーから環奈を守るため、今度は獅王の戸籍を汚す。そんなこと、受け入れられるはずがない。当然断ったが、働いていた幼稚園ぐるみでストーカーと結婚させられそうになっていたところを、獅王と櫻井に助けてもらった。

新しい職場として、獅王が社長を務めるＩＴ企業の入ったビルで託児所まで紹介してもらい、以降は保育士として働いている。

四年間、自分で作り上げてきた環境も職場も人間関係も、環奈を守ってはくれなかった。すべてを捨てて、環奈は新たな人生をやり直すため、獅王の手を借りることにした。

それでも匿《かくま》ってもらっているうち、次第に互いの心は近づいていく。もともと惹かれ合う気持ちを知っていて離れたのだ。そばにいれば、熾火《おきび》はまた燃え上がる。新たな燃料を焚《く》べるだけだとわかっていても、離れられなくなっていく。

ストーカー問題が解決し、向井の両親と弟の那王に祝福されて、ふたりは結婚を決意した。

向井家で暮らしていた間も亡き父の姓を名乗っていた環奈は、初めて好きな人と同じ名字になったのだ。

浴びるような幸福に、今でもときどき目がくらむ。

おそらく馴染んだ不幸体質のせいであり、そういう自分を当たり前だと受け入れてきた弱さのせいでもある。

だから、最近の環奈の目標は「幸せ体質になること！」だ。

彼と結ばれるまで、ずっとうじうじと暗い人生を送ってきた。二者択一の質問をされるのが苦手で、いつも曖昧に答えをはぐらかしてばかりだった自分に別れを告げたのなら、ここから先は幸せになるしかない。

自分で選ぶこと。

それが、幸福の第一歩なのだと今はわかる。

ならば、自分で選んで自分で決めて、勝手に幸せ体質になることも可能だろう。

ということで、ただいま環奈は目標に向かって幸福に慣れる訓練の日々を送っていた。

——童話の中のお姫さまは、どんな不幸に陥っても王子さまに救われて幸せになる。そういう意味で、獅王はきっとわたしの王子さまなのかもしれない。

黒髪に凛々しい眉の元極道な王子さま。

今夜は、櫻井の彼女のミツカも来るのだろうか。四人で会うのは久しぶりだ。

楽しみに後片付けをこなす環奈のところに、獅王からメッセージアプリで連絡が来る。

『櫻井が店を予約したの、聞いたか？』

――早い。もう予約したんだ。

『さっき、託児所に顔出してくれたよ』

返信すると即座に既読がついた。

『予約した直後に急な仕事が入ったらしい。今夜はふたりで外食だ』

メッセージに続いて、スタンプが送られてくる。ステーキ肉にかぶりつくライオンのスタンプだ。

「っちょ、こんなスタンプどこで買うの？」

思わず声に出して、環奈はひとり、スマホを手に笑っていた。

毎日少しずつ、幸せに慣れていく。不幸を自分の中から追い出していく。

獅王といるだけで、自然にそれができるようになっていることを環奈は知っていた。

† † †

仕事を終えて、いつも待ち合わせに使うコーヒーショップで環奈は獅王を待っている。

窓際のカウンター席が定位置だ。以前、獅王に「いつもそのあたりにいるな」と言われたが、ふたり用のテーブル席をひとりで占領するのはなんとなく居心地が悪い。結果、空席があればカウンター席を選ぶことになる。

——わたし、獅王を待つの好きだな。

ホットコーヒーの湯気を鼻先に感じながら、環奈はぼんやりと思った。

もともと相手を待たせるよりは自分が先に待ち合わせ場所に着いて、待っているほうが気楽なところはある。だが、それとは別に獅王を待つのがとても好きだ。

この店は、オフィスのあるビルから歩いてくる彼を窓際に座っていれば見つけられるというのもあるかもしれない。

冬の冷たい空気の中を、獅王が歩いてくるのを見ると背筋が伸びる。彼が姿勢のいい人だからなのか。あるいは獅王を見て気持ちがまっすぐになるのか。

好きな人を待つ時間は、好きな人に会う時間と同じくらいに心が弾む。もちろん、獅王は夫である。つまり毎日会っているし、なんなら同じベッドでも寝ているのだが、環奈はまだその幸福に慣れきっていないというのが大きい。

彼を好きになってはいけないと思って生きてきた時間は、彼と結婚してからの時間よりずっと長いのだ。

だからだろう。彼を待っている間、環奈の時間は、やわらかくて温かくて軽くて甘くてほろほろと溶けていきそうなのにしっとりと手のひらに重さを感じさせる。ほかのどんな瞬間とも違う喜びを含んでいた。

遠くから、スタンドカラーのシングルコートを着た獅王が歩いてくるのが見えた。ビルを出て、こちらに向かって歩を刻む長い脚。今日はネイビーブルーのスーツだ。

家では下ろしている髪をオールバックにして、獅王はまっすぐに歩く。こうして見ていると、長身も相まってランウェイのモデルを思わせる。惚れた欲目かもしれない。そもそも環奈はランウェイを生で見たこともないのだ。

獅王のほうからも環奈がわかるあたりで、彼は走り出した。アスファルトを蹴る靴音が聞こえてきそうな軽い足取りに、理由もなく環奈まで立ち上がりそうになる。逸る気持ちをこらえ、湯気の消えたコーヒーをひと口。

待つことの嬉しさをくれる人だから好きになるのか。好きになった人だから待つことも嬉しいのか。そんなこと、どちらでもいいしどうでもいい。

店に入ってきた獅王が、コーヒーを注文して環奈の隣に座った。

「櫻井さん、急なお仕事って大丈夫?」

「あいつの仕事はたいてい急なんだよ。それに対応できるから重宝される」

それよりも、と彼が言う。

「顔を合わせた途端、櫻井の話ってのも色気がないんじゃないか?」

「コーヒーショップで色気を求めないでね?」

ひたいを寄せ、肩を小刻みに揺らして笑い合う。こんなささやかなことでも、獅王と一緒にいると楽しくなる。

「待ち合わせって、なんだか緊張する」

「は？　こんなのが？」

「そうだよ。こんなのが」

「……まあ、わからなくはないな」

小馬鹿にするかと思いきや、獅王は真剣な表情でうなずいた。

「俺は、おまえがちゃんといるかどうか、いちいち緊張するよ」

「え、いるよ。待ち合わせしてるのに約束破ったりしない」

「そうじゃなくて。俺の前から、またいついなくなるか、ハラハラしていた時期があったって意味」

一度は彼の前から姿を消した。

――そんなふうに思わせていたんだ。

環奈の感じる緊張は、好きな人に会えるという喜びで気持ちがまっすぐになるものだが、獅王のほうは意味合いが違う。

「ま、逃げられない努力はしてるからな。主に愛情の面で」

「……獅王、ここはコーヒーショップです」

「存じてますが？」

片肘をテーブルにつき、彼がにっこり笑った。

「俺はどこでも環奈を愛してるよ」

「わたし、幸せになかなか慣れないなって思ってたんだけど」

「うん？」

「獅王のおかげで、だいぶ慣れてきた気がする……」

冷めた環奈のコーヒーと、湯気の立つ獅王のコーヒー。どちらももとは同じもので、時間の経過によって温度に変化が表れただけ。

けれど、それは確実に飲み物として違う印象を与える。

ぬるいコーヒーを飲み干した環奈に、

「行くか」

と獅王が声をかけた。

「うん。なんのレストランだろう」

「インド料理らしい」

「わあ、ナン食べたい。嬉しいな」

トレイを片付けようと手を伸ばすより一瞬早く、彼が環奈の分もさっと手にとって立ち上がる。

「いっぱい食べて大きくなりなさい」

「……成長期は過ぎましたけど？」

その夜のカレーは、なかなかに辛かった。辛くておいしくて、また幸せになった。

† † †

渋谷区にあるマンションは、築年数よりも少しレトロな風情のある造りになっている。

初めてこのマンションに足を踏み入れたのは、もう八年も前のことだ。高校を卒業したばかりの環奈を連れて、獅王はここへやってきた。

当時、二十一歳の大学生だった彼がマンションを借りられるだけのお金を持っていたはずもない。最上階の十階にあるふたりの住む区画は、鎌倉大地という獅王の恩人の所有する物件だ。

洋館を思わせる赤レンガ風の外壁と、エレベーターホールの壁に取りつけられたランプ。今では最新型ではなくなったエレベーターまでもが、いい味つけになっていた。

十階の部屋に帰ると、環奈は洗面所でうがいと手洗いを済ませてリビングへ向かう。

「ただいま、吾輩《わがはい》。お腹減ったね」

「ニアーン」

黒猫の吾輩が、待ってましたとばかりに寄ってきた。

あまり媚びるタイプではないのだが、餌を求めるときばかりは飼い主に甘えてくる。そんな吾輩も、人間に換算すればけっこうな年齢だ。もっとも猫のほうは勝手に人間換算されたくないかもしれないが。

ドライフードを皿に出すと、環奈が立ち上がる前に脚の間から顔を出し、吾輩がいい音を立てて食べ始める。

「ごめんね、外食したぶん遅くなっちゃった。おまたせしました」

返事はない。吾輩は食事に夢中だ。

「なんだ、吾輩。今日はカリカリか」

環奈のあとに洗面所を使った獅王がリビングに戻ってきてコートを脱ぐ。最近気づいたのだが、獅王はスタンドカラーのコートがよく似合う。顔立ちがはっきりしていて、肩幅が広く、胸板が厚い。日本人離れした風貌が一因だろう。

「環奈、風呂の湯張り開始したから」

「ありがとう」

向井家では、子どものころからお風呂は最後に入った人が洗うルールになっている。同じ家で育ったふたりだからこそ、大人になっても生活習慣の相違がない。これは義兄妹として育ったふたりの結婚生活で大きな利点だ。

キッチンに面したカウンターテーブルの上にはパキラ、最近そこにハーバリウムが並ぶようになった。先日、環奈が買ってきたものである。

猫が間違えて食べてしまったときに毒となる植物は置けない。だから、この家にあるのはパキラのみだ。そうはいっても彩りがほしいと考えて、明るい色みの花が入ったハーバリウムを買った。

「吾輩、おいしい？　わー、おいしいねー」

話しかける環奈を無視して、吾輩はドライフードを噛み砕く。噛むたびに口からこぼれるかけらまでかわいらしいのだから、猫というのは尊い生き物だ。

「なんか、そうやって話しかけてるのを聞いてると、環奈はいい母親になりそうだと思うよ」

「なっ……、唐突に何言ってるの？」

結婚しているふたりなら、別におかしな話題ではない。

頭ではわかっているのだが、環奈はそういう面で少々潔癖気味なところがあった。

二十六歳までまともな恋愛経験もなく、初恋をひたすらこじらせて生きてきたのである。

結婚披露宴前日には、

『結婚するってみんなに言う意味は何？　これから毎晩セックスしますって宣言!?　だとしたら恥ずかしすぎるよ！』

とパニックも起こした。

今にして思えば恥ずかしいマリッジブルーだ。いや、あれはマリッジブルーに入れていいのだろうか。

『残念だけど、それはもうすでに周知の事実だ。結婚披露宴の招待状を送る時点でセックスしていない男女なんてそうそういないだろ』

もっともな意見にうなずいて、環奈の短いマリッジブルーは終わった。

別にセックスが悪いことだと思っているわけではない。環奈自身、小さい子どもたちの相手をする仕事だ。あの子たちがどうやってこの世に生まれてきたかを知っている。自分だって同じだ。両親は離婚したけれど、一度は愛し合っていたからこそ環奈が今ここにいるのだ。

「慣れてきたんじゃなかったのか？」

「外であんまり恥ずかしいこと言わないようにね？」

「俺は恥ずかしくない。誰の前でも堂々と環奈を愛してると言える」

おそらく獅王とは恥ずかしさの分水嶺が違うのだろう。

「わたしは恥ずかしいの！」

大きな声を出した環奈に、食べ終えた吾輩が不満げに顔を上げて「ニャッ」と小さく鳴いた。もっと食べたいという要望かもしれない。

「おかしいなあ、吾輩。さっきは環奈も慣れてきたって言ってたはずなのにな」

獅王を一瞥して、餌をもらえないと察したらしい吾輩がソファへ移動する。

「ということで、もっと慣れるために一緒に風呂に入るのがいいと思う」

「……まったく『ということで』じゃない」

「俺が入りたいから提案したまでだ」

胸を張って言われると、抗う自分のほうが意識しすぎに思えてくるから不思議だ。

結婚しているのだから子作りするのは当然。

夫婦なのだから一緒にお風呂に入るくらい恥じらうことでもあるまい。

——ほんとうに？　世の中の皆さんは、そうなの？

誰かに聞きたい気持ちになるものの、そんなことを尋ねるのも気恥ずかしい。冷静に考えてみれば、夫婦によって異なる考えがあることだ。獅王がしたいというのなら、我が家ではそれが必要なこと——

「わかった。今日は、一緒に入る……っ」

コートを着たままの環奈は、仁王立ちして夫を見上げた。

「ただ、お風呂でその……そういうことはしない方向で！」

「それは無理だろ。当然抱く」

——当然!?

「わかってるよな。バスルームで抱くとなったら避妊はしない」

「そんなこと、いちいち宣言しないでよっ」

「環奈の照れる顔がかわいいのが悪い」

責任転嫁も甚だしく、獅王は甘い笑みを浮かべて環奈の耳元に顔を寄せてくる。大きな手が、コートの上から下腹部を包んだ。

「ここに俺がほしくないか？」

「っっ……獅王、どんどんやらしくなってない？」

「なってない。それを正しく言うなら、どんどん欲求をあらわにしていってるんだ」

ほんとうに、何ひとつ恥じらわない男である。

「俺はもともと環奈を抱きたかった。死ぬほど抱きたかったし、今でも死ぬほど抱きたい。どれだけ抱いても足りないし、できることなら休日は朝から晩まで——」

「そっ……そのあたりで！　一時停止！」

両手を伸ばして彼の口を塞ぐ。さっきまで外にいて手が冷たくなっていたのに、今ではずいぶん血が巡っている。獅王の恥ずかしい言葉に、体が反応していることを自覚した。

——好きだよ。獅王に抱かれるの、わたしだって幸せで気持ちよくて大好き。

なんというか、いざそういう雰囲気になれば違うのだが、スイッチの入っていない状態でそっち方面の話をされるのが極端に苦手なのである。

「環奈は最近、どんどん恥ずかしがりやになってないか？」

「普通だもん」

「前は、自分から上に乗ってくれることもあったのにな」

「～～～っっ、あれは、獅王が当たり前みたいに言うからそうなんだと思ってたの！」

彼が初めての相手。

つまり、環奈にとってベッドでの作法もルールも獅王次第だということに気づいたのは、ほんの数週間前だった。

なんの気なしに読んでいたネットの記事で、夫婦生活の多様性を学んだ。自分たちがしているよりすごいことをしているカップルもいる。だが、環奈が当たり前なのだと思っていた部分がそうではないこともあった。

――獅王しか知らない。ほかの誰も知りたくない。だけど、お風呂に一緒に入るのは普通？　普通じゃない？

「まあいいさ。恥じらう環奈を多少強引に抱くのも好きだ。そういうプレイを環奈が所望していると思えば」

「プレイじゃないし、所望してませんっ！」

そんなやり取りをしている間に、お風呂の湯張りが終わってしまった。環奈はコートを脱ぐと自室のクローゼットにしまってから、着替えを出してバスルームへ向かう。

† † †

獅王の体を見るたび、胸が痛くなる。

環奈を守るために過去、幾度となく傷を負ってきた。正面から見ると、右肩から肘にかけて大きな傷、左の鎖骨に近い部分から肩を伝って背中に続く傷、左脇腹から背に向けて深く抉られた痕が目立ち、そのほかにも小さな傷跡は多数残っている。

いちばん大きな怪我を負ったのは、獅王が高校一年のとき。攫われそうになった環奈の乗せられた車の前に飛び出した日のものだ。

「こら、またなんか考えてるだろ」

彼の背中を洗う手を止めたのがバレている。

「んーと、子どものころ、一緒にお風呂に入ったことなかったよね」

「おまえがうちに来たとき、俺は十二歳だぞ……」

——まあ、実際に一緒に入浴しろって言われたらものすごく戸惑ったとは思う！

大人になって、こういう関係になった今でも躊躇するのだ。感受性の強い時期なら、まして恥ずかしかったことだろう。

「もっと子どものころの獅王を知りたかったって話だよ」

「それこそ、アルバムなら実家にいくらでもある」

「写真じゃ足りないの」

シャワーノズルを手にして、広い背中を流していく。

反社会的組織の一員だったときに、彼は刺青を入れなかった。その理由を獅王は語ろうとしない。

力強くしなやかな筋肉に覆われた背を前に、シャワーノズルをホルダーに戻して、両手で獅王の肩をつかむ。つま先立ちで、左肩の傷に唇を寄せた。

「環奈？　なんのサービスだ？」

冗談を織り交ぜた声で彼が問う。

「獅王の傷も、大事な獅王の一部だから」

目に見える傷も、目に見えない瑕も、獅王が環奈を守ろうとしてくれた証だ。

それをありがとうと言えるほど、まだ受け入れられていないのは自分のほうだと知っている。獅王は一度決めたら後悔しない。選んだ道を自分の道だと考えるタイプなのだ。

「俺は環奈の盾なんだよ」

「盾？　獅王が？」

左肩に置いた手を、獅王の手が包み込む。

「好きな女の盾になれるなんて、幸せな話だろ？　俺は環奈を守って生き延びる。怪我はその意味で勲章なんだ。傷跡の分だけ環奈を守った。俺の環奈を、守り抜いた結果だからな」

そんな優しいことを言われると、胸がいっぱいになる。獅王はいつも優しい。言葉ではとても説明しきれないほどの深い優しさで、環奈は彼に守られてきたのだ。

——わたしは、獅王に何ができるだろう。

「盾じゃなく、夫ですけど？」

包まれた手を動かし、指と指を絡める。

「夫で盾でもいいんじゃないか？」

絡めた指に力を込めてくるのは獅王のほう。

「一秒でも長生きしてほしいから、盾より夫優先にしてもらいたいなあ」

——わたしが、獅王にできること。

長期的に見れば、できることはいくらでもある。だが今、この瞬間に彼の喜ぶ顔が見たい。

「なので！」

環奈は彼の肩から手を離し、正面に移動する。なんと見事な腹筋だろう。その隆起に傷が薄く盛り上がっている。彼の前に膝をつくと、獅王がかすかに目を見開いた。

「環奈」

呼び声も、いつもより上擦っている。無理もない。互いに全裸の状態で、目の前に相手が膝をついたらどういう位置関係になるかは火を見るより明らかだ。

「……わたしに今できることをするの。大好きな夫に、わたしだって喜んでほしい。盾じゃなくて、夫だって教えてあげる」

下向きだったそれは、環奈の言葉に最初の反応を示す。

両手で持ち上げ、優しく撫でてみた。すべらかな皮膚は、体のほかの部分と感触がだいぶ違う。色も手触りも形状も機能も、何もかもが特殊な器官。

「一緒に風呂に入るだけで抵抗したくせに、けっこう大胆なところがあるよな」

言われてみれば、環奈は基本的に動く前は迷い続け、動きはじめたら躊躇いを捨てる傾向にあった。

「泡で洗ってもいいのかな？」

「洗っていただきましょう」

照れ隠しなのか、獅王が挑戦的な口調で返事をする。手のひらにボディソープをとり、両手で泡立ててから力を増した太幹を包み込んだ。表面のやわらかな皮は、膨張に対応するための余裕なのだろう。何度か手を上下させると、みるみるうちに彼が昂ぶっていく。

——思っていた以上に、これはかわいいのかも。

いつも、気づいたときには全力モードになっていた。行為が終わって力なく落ち着いた姿とはまた違う。ぐんぐんと角度が上がっていくのが、環奈の与える刺激によるものだとはっきりわかるのだ。

二分と経たず、獅王の下腹部に屹立するものは天井を向いた。根元の裏側、引っ張られる皮が心配になるほど引き攣っている。

「このあたりって、引っ張られて痛かったりしないの？」

「想像すると痛いな。でも、今は気持ちいいしかない」

天井の照明を受けた長身の獅王が、環奈を見下ろしていた。逆光で表情が影になる。それでも、彼が優しい目をしているだろうことは想像がついた。

包み込む手に、それまでより少し力を込める。根元から先端へ扱くときには先へ行くほど指を緩める。往復を繰り返しているうち、泡が流れ落ちていった。

もう一度泡立てるか、洗い流すか。

今日の自分ならできると、環奈は今までしたことのないチャレンジを決意する。

シャワーで洗い流し、堂々たる漲《みなぎ》りに猛るものを直視した。まだいける。まだおののく気持ちはない。それどころか、初期状態からここまで自分の手で興奮させたと思うと愛しさがこみ上げる。

シャワーノズルを戻したあと、獅王が環奈を抱きしめようと腕を伸ばしてきた。

「まだダメ」

彼の腕をすり抜けて、環奈は再度しゃがみ込む。片膝をついた格好で、彼の先端を親指で撫でた。ほのかにぬめるのは、獅王が悦んでくれている証拠だろう。

縦の切り目からあふれた透明なしずくを亀頭にまぶしながら、ゆっくり鋭角に屹立したものを下に向ける。

口を開けて。

舌をそろりと出して。

今まさに、獅王の劣情に浮かんだしずくを舐め取ろうとしたとき。

「待った」

環奈の舌先が触れたのは、彼の手のひらだった。

「……どうして？」

口を手で覆われたまま、くぐもった声で問いかける。

獅王はこれまで何度も環奈の体中を口で舌で愛撫してくれていた。どれほど気持ちいいことか知っているから、彼に同じ気持ちを感じてほしい。環奈の考えがわからないほど、獅王は鈍い男ではないはずだ。

だから、疑問が生まれる。

どうしてと問うた環奈を見下ろし、彼は困ったように凜々しい眉を下げた。

「嬉しいよ。嫌だから止めたわけじゃない。ただ、なんだろうな。その、環奈にそういうことをしてもらうのは」

湿度の高いバスルームで、彼の言葉の続きを待つ。

罪悪感か。背徳感か。経験の少なさに不満があると言われてもおかしくはない。

いつも愛し合うために逞しくそそり立つ雄槍は、男性にとって急所のひとつでもある。

何かの間違いがあったら——

「俺が照れるんだよ」

大人のふりがうまい獅王にしては、とても率直な言葉だった。

ああ、愛されてる、と思わずにいられない。

だから環奈は、思ったことをそのまま声に出してしまう。

「それが見たいの」

——たまには獅王にだって照れてほしい！

「うるさい、駄目ったら駄目だ」

「やだ、見る」

「おい、やめろって、駄目だ、こら！」

なんとしても口で咥えてやろうとする環奈と、そこから逃げる獅王の攻防戦は、最終的に彼の筋力が勝敗を決した。

「……獅王、ずるい」

鏡に手をついた格好で、彼に背を向ける環奈が小さく不満を口にする。

「ここからは俺のターンだって言っただろ」

「わたしのターンは終わってないのに――あ、アッ」

濡れた先端が柔肉を押し広げた。知られてしまう。彼のものを愛撫していただけで、環奈もまた感じていたことを。

「こんなに濡らして、ほしくなかったとは言わないよな？」

「っっ……そ、れは……」

「言えよ。俺がほしいって」

焦らす素振りで浅瀬を軽くこすりたて、獅王が環奈の背中に厚い胸を重ねてきた。

肌が火照る。捩れた欲望が心の奥深いところで薪《まき》を焚べ、自分自身を燻している。いっそ、彼に食べられて血肉になれる食べ物に生まれてくればよかった。

――そうしたら、この悦びは知らなかったけど。

はあ、と息を吐いて、環奈は鏡を確認する。正しくは、自分の背後で腰を落として体勢を整える獅王を。

「！」

鏡越しに目が合った。

刹那、彼は顔の左半分にだけ歪んだ甘い笑みを浮かべ、環奈の両胸を鷲づかみにする。

四本の指をやわらかな乳房に軽く食い込ませた。残る人差し指は、前触れなく胸の先端を揺らす。

「あ、あっ、やぁ……ッ」

「嫌？　何が嫌なのか教えてくれよ」

反射的に腰を振る環奈を、彼はどんな目で見ているのか。もどかしさが募り、隘路が彼を招き入れようと蠕動する。けれど獅王はじっと腰を落として環奈の言葉を待っていた。

「いやじゃ、ない。んっ……、ただ、獅王が……」

は、は、と短い呼吸をふたつ入れて、上目遣いに鏡を覗く。

「もっとほしいって、思ってるの」

「よく言えました」

突き上げるのではなく、乳首を弄《いじ》る指の力を強める。獅王の動作に、環奈はビクッと体をこわばらせ、奥歯を噛みしめた。

「俺の全部は、環奈のものだ」

進める腰はじりじりと、いつもと違う角度からの挿入ということもあって慎重だ。

そのくせ、我慢強い獅王と違って逸る劣情が張り詰めた切っ先で環奈を内側から圧迫する。避妊具がないと、彼の段差がはっきり伝わってくる。

濡襞のひとつひとつを押し広げ、獅王しか知らない空洞を満たしていく。

「や、獅王、もっと……」

「ほしがりなところも好きだ」

――だったらお願い、焦らさないで。

こらえきれずに、環奈のほうが腰を押しつけてしまう。じゅく、と熟れた果実がつぶされたように蜜があふれた。

アダムとイブにはなれないから情慾でつながる体に手錠をかける。

「っっ……ぁ、あ、ああ！」

自分から深く受け入れたつもりだった。しかし、同時に獅王も腰を突き出していた。合致した双方の動きが、予想を凌駕する快楽を呼び込む。

――嘘、挿入しただけなのに……！

最奥に彼の熱を感じて、隘路がヒクヒクと痙攣していた。頭のてっぺんまで突き抜ける快楽は、絶頂を如実に示している。隠したくても隠せない。獅王も当然、劣情で環奈の内部の変化を察しているだろう。

「環奈」

胸を愛撫していた手が、顎に添えられた。掌底がくいと顎を上げさせ、親指は下唇を横になぞる。

「や……、見ないで……っ」

まだきゅんと引き絞られた蜜口で彼を強く締めつけながら、環奈は目をそらした。身長差のあるふたりだ。天井に顔を向けられたらキスから逃げられない。

白いのどをこの上なくそらされて、一八〇度反転した唇が吐息を奪う。

「ん、んっ……」

「まだヒクついてる。すげえな」

「んん！」

キスしたまま、無理な体勢で獅王が腰を前後に揺すった。達したばかりの粘膜が、感じすぎて痛いほどだ。特に奥深い部分が切ない。彼の切っ先が、押し上げてくる。

「んーっ、ん、んぅ」

すべらかな腹部をのけぞらせ、環奈は自分を貫く楔から逃げようと腰を引いた。鏡に体の前面を押しつける格好になる。同時に、キスの呪縛から唇が解放された。

「い、息できなくて死ぬとこだった！」

「おまえには立派な鼻があるのにな？」

「〜〜〜っっ、言われてみれば……」

鼻で呼吸をするという選択肢をすっかり忘れていた。体の上下で攻め立てられ、何かを考える余裕なんてなかったのだ。

「自分から鏡に胸を押しつけて、逃げ場を手放す環奈が好きだ」

「あっ、ちょ、えっ……！」

言われてみれば、そのとおり。

ひんやりとした鏡面で乳房が押しつぶされたまま、背後から両手で腰をつかまれる。

上半身を鏡にあずけ、腰だけをうしろに突き出した淫らなポーズで、環奈の狭隘な蜜路が押し開かれていった。

「ひ、ぁ、ああ、ァ」

「イッたばかりだと狭いな。ま、おまえの場合はいつでも狭いけど」

――獅王が規格外なんじゃないの⁉

比較対象を知らないゆえに、彼のサイズについて言及できない。

「……環奈、今、なに考えてた？」

返事をするよりも先に、獅王が中をぐりぐりと抉る。攪拌される動きに、環奈は特に弱いと知られている。

「な、にって……ぁ、ああ」

「どうせ俺がおまえに暴走しすぎるのが悪いと思ってたんだろ？」

「ちが……っ、獅王、の、大きいから……ッ」

「ああ、おまえがほしくてこうなってる。だから、ほかの男と比較なんてしなくていいんだよ。――まあ、させないし」

最後は低くつぶやいて、彼が腰骨を環奈の臀部に打ちつけてきた。

「っっ、や、あ、アッ、いきなり……っ、やだ、あああ、あ」

「想像しただけで、やりきれない」

なんの話だ。彼の想像力まで、こちらで責任は取れない。

「おまえをほかの男になんて絶対さわらせたくない。わかるよな?」

「わ、わかっ……ああ、ァ、やぁ……っ」

入り口から最深部まで、互いのすべてをこすり合わせる激しい抽挿に返事すらままならなくなる。

——わたしだって、獅王を誰にもさわらせたくない。

「獅王、獅王っ……」

鏡にすがりついた自分は、きっと今、これまでにないほどいやらしい顔をしているだろう。独占欲と快楽に心を染めて、彼を体の奥に閉じ込めようとする。このまま、ずっとつながっていられたらいいのに——

「わかってんのか? おまえは俺専用だって言ってるんだぞ」

「ひ、ぐっ……!」

子宮口すらこじ開けようとめり込んでくる亀頭に、頭の中が真っ白になった。

耳がキーンとする。

奥歯が浮く。

つま先立ちの体が、輪郭を失いそうなほどに蕩けてしまう。

この先はない、行き止まり。彼が執拗に腰を打ちつける。それだけで苦しいほど感じていた。けれど、獅王はまだ足りないとばかりに環奈の鼠径部に手を伸ばしてくる。

「！　や、やだ、それヤだぁっ」

それと言ったものの、この位置からされる可能性の高いことはふたつ。どちらなのかはわからない。

花芽をあやされるか、下腹部を手のひらで刺激されるかの二択だ。

どちらを実行されても、すぐに達してしまう自分がわかる。だからこそ、体は身構えて予感に震えてしまう。

「嫌じゃないだろ。イイんだよな？」

含み笑いでささやく獅王が、亀裂のはじまりに指をかける。

「ア、ああ、や、そこ、お願い……っ」

脚を閉じれば済む話だ。頭ではいつだってわかっている。

——ダメなの。気持ちよくて、勝手に脚が開いちゃう。

にちゅり、と淫猥な音を立てて彼の指腹は花芽を探り当てた。最初は形を確認される。じゅうぶんに充血して膨らんでいるのを察した指は、次いで人差し指と中指でつぶらな突起を挟み込んだ。

「っっ……！　ア、ああ、ァ、やだ、やだぁ、イッちゃう、イクぅ……！」

「ハ……、中、すごい絡みついてくる」

こらえきれない衝動を持て余す劣情が、力任せに環奈を突き上げる。指で挟んだ部分が、同時に刺激されて目の前に光が爆ぜた。

「イッてる環奈のイイ顔、鏡に映ってよく見えるよ」

「や……」

「ほら、自分でも見てみろ。俺に犯されて、こんなかわいい顔になるんだな」

「待って、待っ……、う、ごかないで……！」

ゴッゴッと子宮口を打ちつけられるたび、限界まで広がった蜜口が飛沫《しぶき》をあげる。ふたりの太腿を濡らし、足首まで透明な液体をしたたらせてなお、獅王は動きを止めない。

「やだ、もぉ、やだぁ……、こんなのおかしくなっ……ぁ、ああ、ア」

——もっと突いて、もっと奥まで、もっとわたしだけのものになって。

口と心は裏腹で、体は貪欲に雄槍を咥え込む。

「おかしくなっても俺が責任とってやるから安心しろ」

「な……っ、ああ、あ、獅王、奥、すごいっ……」

「ここか？　ははっ、たしかにすごい。吸いついてくるみたいだ」

快楽の果てを経ても終わらない律動に、環奈の隘路が獅王を締めつける。締めれば締めた分だけ自分が感じてしまう、甘い地獄。それは抗うほどに羽に食い込む蟷螂《かまきり》のカマに似ていた。淫らな蝶は磔《はりつけ》になり、恍惚のうちに貪られる。

──だけど、ほんとうに？

貪っているのは彼か、あるいは自分か。

食い尽くすのはどちらか。

犯すのは、犯されるのは──

「いい、の。なんでもいい。あ、ア、獅王に、されるのが、いいっ」

「言ったな？」

脈を打つ楔が、深々と環奈を穿つ。

どうしようもない夜の、どうにもならない愛情を、どこにもいけないままふたりだけで分かち合う。

「好き、獅王がすきぃ……ッ」

「ああ、俺もだ」

ぬぅ、と引き抜かれて息を吸った。

蜜口にくびれを引っかけ、獅王が耳朶に舌を這わせる。濡れた熱い舌先が、耳孔にちゅくと差し込まれた。

「あああ、ア、ぁ、あッ」

空白になった隘路の奥、締めつけるものもないのに粘膜が打ち震える。きゅうと収斂しては、鈍く痛みを伴って子宮口が泣いていた。ほしい、ほしくてほしくて、何も考えられない。

「獅王、奥来て、奥にいっぱい……、突いて、お願いだからぁ……」

「やっと素直になった。ここからが本番だから覚悟しろよ？」

涙目でうなずく環奈を、彼は幸せそうに抱きしめた。

† † †

やりすぎた、と思ってから気づく。毎回思っている。毎回、もっと大切にしたいと思って始めるのに、最終的に環奈が起き上がれなくなるほど抱いている。

——俺は思春期の獣かよ。

裸にバスローブを羽織って、開いた膝の間に環奈を横抱きし、獅王はソファの上でため息をついた。

気のせいか、こちらを見ている吾輩の目が優しい。毎度同じような態度で彼女を寝かせていれば、猫とて察するものはあるのかもしれない。

すり、と彼女が獅王の肩口にひたいを寄せた。

もともと童顔の環奈だが、目を閉じているといっそう幼く見える。子どものころと同じ寝顔だ。

バスタオルをかけただけの裸の体は、まだ薄く汗がにじんでいた。エアコンの温度を下げて、彼女の頰に触れてみる。むきたてのゆで卵のようなつるりと白い肌。唇がかすかに動いた。

「ニアーン」

「ん、どうした、吾輩」

ふたりがソファにいるから寄ってきたのか、獅王の足元に吾輩が丸くなる。しゅるりと尻尾が波を打った。

ローテーブルに置いた五〇〇ミリリットル入りのミネラルウォーターをつかむと、環奈の体を膝と二の腕で支えてキャップを開ける。

ペットボトルに直接口をつけると、最初のひと口を薄く含んだ。手にした水をこぼさないよう留意しながら、環奈に顔を寄せた。口移しに水を与えると、彼女がこくんとのどを鳴らす。どうやらのどが渇いているのは間違いない。

「……環奈？」

吐息まじりに呼びかける。反応はない。

そういえば、いつかもこんなふうにソファで環奈を見つめていたことがあった。

あれは蟬の声がうるさい、夏休みの終わりのことだ。

大学受験を翌春に控えた高校三年の夏。

獅王は都内の有名進学予備校で、毎日朝から夕方まで夏期講習に明け暮れていた。

駅から住宅地を抜けて自宅に帰り着くころには、シャツの背中は汗でぐっしょり濡れている。家に着いたらまずはシャワー。それからエアコンの効いた義妹の部屋で涼むのが獅王の習慣だった。

別に自分の部屋やリビングにエアコンがないわけではない。むしろ連日の熱帯夜だ。部屋にエアコンがなかったらとても受験勉強なんてできない。

中高一貫校に通う環奈は、中学三年といえども受験とは無縁だった。

だからこそ、自分の部屋が涼しくなるまでの間という名目で彼女の部屋に入り浸っていたのである。

その日もいつもと同じように帰宅した獅王だったが、玄関が見えた瞬間に体が駆け出していた。

「環奈っ！」

夕闇にぞっとするほど白い脚。

汗で濡れたシャツが背に張りつく。心臓が顎の下まで跳ね上がる。ほんの数メートルの距離が、やけに遠く感じた。

「環奈！」

玄関ポーチで環奈がぐったりと座り込んでいる。

触れた手が汗でぐっしょりと湿っている。熱があるのかもしれない。すぐに抱き上げて玄関ドアを開けようとするが、鍵がかかっている。おそらく鍵を忘れたか失くしたかして、家に入れずに熱中症になったのだ。

リビングにもキッチンにも、母の姿はない。幼い弟の那王もいないことから、ふたりで外出しているのだろう。しかし、ありがたいことにリビングはエアコンが効いていた。

母がテレビの前で運動するときに使うヨガマットの上に環奈を寝かせ、何度か頬を叩く。

「環奈、環奈聞こえるか」

「……ん……」

返事をしようとした彼女は、小さく咳き込んだ。のどが渇いている。そのことに気づき、獅王は急いで冷蔵庫からミネラルウォーターを取り出した。

キャップを開けるのももどかしく、大股に環奈のもとへ戻る。首の下に腕を入れて、彼女の体を抱き起こした。

「水、飲んで」

「れお……」

「いいから、先に水」

ぐいと口元にボトルの口を押しつけると、環奈が顔を起こして水を飲もうと努力する。

いつもは赤い唇が青ざめて紫に近い色をしていた。

「ん、んっ……」

流し込んだ水の半分は、環奈の細い顎からのどを伝ってこぼれていく。半分飲んでくれるなら、それでいい。

「もっと飲んで」

「もういい……」

「駄目だ。ちゃんと飲んで」

またも目を閉じそうになる環奈に、必要以上に大きな声で話しかける。

——いっそ、口移しで飲ませればいいのか？

冷静さを失って、獅王は彼女の口元に目を向けた。ぷっくりとした下唇の下側に小さな水滴が今にもこぼれ落ちそうになっている。

「環奈、水飲んで」

再度声をかけると、環奈が両手でペットボトルを持った。手指が震えている。

ほんとうは水ではなく、経口補水液がいいのだろう。

だが、母がいないとどこにあるのかわからない。今から買いに行く場合、環奈をひとりで置いていくことになる――

「ただいまー。環奈、帰ってるの？」

「おねーちゃん、ただいまあ」

玄関から、何も知らないのんきな声が聞こえてきた。

「母さん！　環奈が倒れた。経口補水液どこ⁉」

母と弟の声を遮るように、獅王は必死に叫ぶ。その剣幕に驚いて、母がリビングへ走ってきた。

あとでわかったことによれば、環奈が駅前の文房具店へ行っている間に母と弟はスーパーへ買い物に行ったらしい。運悪く、そんなときに限って鍵を忘れた環奈は家の外で家族の帰りを待つことになった。

獅王なら、きっと駅前に戻って涼しい店内で時間をつぶす。だが、環奈は「家族と一緒のとき以外、飲食店に入ってはいけない」という校則を守ったのだ。非常時に校則を守ることがいかに無駄か、獅王はのちに環奈に言い聞かせることになる。

彼女の唇からこぼれそうになっていた水滴を、唇で受け止めたかった。

中学生の妹相手に何を考えている、と何度自分をいさめても、一度生まれた欲求は消しようがない。

――口移しで水を飲ませるならまだしも、それは駄目だ。

その夜は、明け方まで眠れなかった。浅い眠りが訪れても、環奈を泣かせる悪夢に飛び起きる。

いつかほんとうに、彼女を泣かせることになるかもしれないと自分の影に怯えた。彼女を傷つける者を許さないと思っているのに、自分こそが環奈をいちばん苦しめるのではないかと思えて仕方がなかった。

自分が、化物になってしまう日。

その日を待ちわび、その日を恐れ、その日がいつか来ると確信して、夜は朝へと変わっていく。


「——若かった」

己を慰める魔法の呪文。慰めたところで、当時の自分が身悶えするほど恥ずかしいのに違いはない。だが、過去は過去。今は今。

——あのころと違うのは行動力と関係性。今の俺は、義兄ではなく夫だ。

「そうだよな、環奈」

様子を見つつ、もう一度口移しで水を飲ませるべきか考えていると、彼女のまぶたがぴくりと動く。

「獅王」

「起きたか？」

「……うん、あの、起きた」

妙に歯切れの悪い環奈が、目を合わせてすぐにうつむいた。

「どうした？」

バスルームでの行為を思い出して照れている——可能性は高い。

あんなに素直に求めてくれて、獅王としては嬉しい誤算だった。毎晩あのくらい求められたら、おそらく腹上死コースまっしぐらである。いっそそうなりたいと思う反面、好きな女と結婚できたのだから長生きしたいとも思う。欲望はいつもままならない。

「……獅王は、なんでも慣れすぎててやだ」

ところが予想とまったく違うところから「嫌だ」が飛んでくる。

今、自分が何を拒絶されたのか理解が追いつかず、獅王は環奈の顔を覗き込んだ。

——なんだ？　何が慣れてるってことだ。求めすぎたのか？

「わたしはどれもこれも初めてなのに、獅王は口移しで水を飲ませるのだって躊躇しない」

「ああ」

そういうことか、と言いそうになって口を閉じた。

これは嫉妬だ。

獅王だって、口移しの経験なんて記憶にない。環奈にしたいと思ったことがある程度だ。だが、したい、しようかと迷った若き日と違い、今の自分は彼女の言うとおり躊躇うことなく口移しで水を飲ませることができる。

——環奈が嫉妬してくるのは珍しい。

緩む頬を、ギリギリのところで引き締めた。

「ああ、じゃないの。わたしが言ってるのは、そういう『ああ』もやだってこと。あと、こういう面倒なことを言う自分がイヤなの」

獅王からすれば、かわいらしいとしか思えない。面倒だなんて好きな女に対して思うわけがないと、環奈は気づいていないのだろうか。

「嫉妬してくれるのか？」

「してるよ。ずっとしてる」

「ずっと？」

「獅王が思うよりわたしは嫉妬深い。よくばりで、わがままで、面倒くさい」

——ぜひ、すべてを俺にぶつけてほしいところなんだが。

本心をそっと胸に秘め、獅王は彼女のひたいに自分のひたいをこつんとくっつけた。

「全部言えよ。おまえがしたいようにする。どうしたい、環奈？」

「獅王がほかの誰ともしたことのないことをしたい、たぶん」

「ははっ、そんなのとっくにしてる」

「えっ、どれ？」

「プロポーズ、結婚、新婚旅行、避妊なしのセ——」

「〜〜〜っっ！」

両手で口を塞がれて。

こんなふうに過ごす夜が、獅王に幸せを与えている。その事実を環奈が知らないとは思えない。しかし、気づいていないこともあるのだ。

——俺は、おまえがいるだけで幸せだよ。

「ちょっと言いすぎ。あと、わたしもよくなかった。言われてみれば、じゅうぶん獅王の初めてすることをもらってるのにね」

細い手首をつかんで、彼女の手を下ろさせる。

ほしいのは、そんな言葉ではない。求めすぎてくれるくらいが、獅王にはちょうどいいと伝えたかった。

「俺は、もっとほしい」

けれど、口をついたのは大人の余裕をなくした本心。

求められたいのと同じくらいに、獅王は求めている。環奈のすべて、環奈と過ごす自分のすべて、何ひとつ余すことなく手に入れたいのだ。

「もっと、って……」

「言葉のとおり、もっとほしいんだよ。それから、俺は口移しで水を飲ませるのだって生まれて初めてだからな？」

やっと火照りが落ち着いたはずの彼女の頬が、またもぽっと赤く染まる。

――まったく、いつまでこんなに無垢なままでいてくれるんだ。

「……初めてだったの？」

「そう言ってるだろ？」

「じゃあ、獅王に口移しで飲ませるのはわたしが初めてしたい」

「いつでもどうぞ。なんなら今するか」

「うん」

思いのほか照れることもなく、環奈がうなずいた。いつもながら、彼女の度胸は獅王の考えるものと違うところにあるらしい。

「い、いきます」

「待ってます」

「目を閉じてください、獅王さん」

緊張すると敬語になるのも、かわいくてたまらない。

結局、環奈が何をしても何を言っても、獅王にはかわいく見えるだけだ。

ペットボトルを手に、ずいと顔を近づけてくる今だって——

「あっ、笑った。笑ったでしょ！」

「笑ってない。もうしないいっ。ほら、目閉じたぞ。いつでも来い」

「やだ。もうしないいっ。獅王のイジワル！」

「なんだよ。じゃあ、俺がするか」

「それはもう初めてじゃないでしょ」

「二度目も三度目も環奈しかする予定がないからな」

拗ねた彼女の手からペットボトルを奪い取り、獅王が水を口に含む。

すると環奈のほうから唇を重ねてきた。なかなかに大胆な行動だ。

——ん、これは……

彼女の舌が、そろりと差し込まれてくる。水を自分からもらいに来たとでも言いたげだ。

「ん、んっ……」

鼻から抜ける、小さく甘い声。

ふたりの唇の間でこぼれたミネラルウォーター。

細いのどを伝う、透明なしずく。

「……環奈は俺を誘う天才か」

「どういう——れっ、獅王、ちょっと、何……」

手からペットボトルが落ちる。落としたのではなく持っているのをやめた。

水が散る。

掃除ならあとで責任を持てばいい。

両手で彼女の頬を挟み、唇からこぼれる水滴に舌を伸ばす。冷たくぽたりと落ちてきたそれは、過去から届いた恵みの雨のわずか一滴、だが、ほしかったのはこれだった。ずっとずっと欲していたものが、ついに獅王のもとへ落ちてきた。

飢《かつ》えた心に水が沁み入るより早く、環奈の唇を貪る。

さて、かわいい妻のためにいったいどんな『初めて』を用意できるだろうか——

† † †

人間には、限界というものがある。

先日、お風呂とベッドで獅王の激しい愛情表現により体力ゲージがゼロになった環奈は、回復に三日を要した。週末ならまだしも、平日の夜にラウンドを重ねるのは危険だ。

さすがに獅王も反省したらしく、今週は抱き合って眠るだけの日々が続いている。

金曜日の夜を和やかに終えて、迎えた土曜日の朝。

早起きした獅王が、朝食におにぎりとサラダとフルーツを準備してくれたタイミングで、インターフォンが連打された。

ダイニングテーブルを間に向かい合って座っていたふたりは、異口同音に「櫻井さん？」「櫻井か」と口にする。ほかに、週末の朝からアポなし襲来する知り合いは思いつかない。

「レーオーくん、あーそーぼ」

櫻井は、勝手に玄関を開けて大きな声をあげた。

「あいつは……」

ため息まじりに立ち上がった獅王が、玄関へ向かう。

「かーんなちゃーん、あーそーぼ」

続いた声に、櫻井の恋人であるミツカが一緒なことが判明した。あのふたりがやってきたなら、今日は自宅でのんびりというわけにはいかなそうだ。

ミツカは、環奈の高校の先輩である。再会したのちに、彼女が自分を覚えていてくれたことに驚いた。

「なんでおまえらはうちの合鍵を持ってるんだ……」

玄関から獅王の不機嫌そうな声がする。けれど、環奈にもわかる。あれは不機嫌なのではなく、不機嫌なふりだ。

実際、獅王にとって櫻井は大事な幼なじみで、恩人のひとりでもある。獅王の恩人というだけではなく、環奈が危険な目にあったときに助けるために協力してくれた。

――獅王ってあまり知らない人の前だと愛想がいいけど、親しい人といると無愛想だ。そんなところがかわいいと言ったら、彼はきっと嫌な顔をする。

「鍵は開けるためにある、密室は殺人事件のためにある！　オレは世界中の鍵と戦う男だ！」

密室はなんの意味があったのか。

「あっはー、大泥棒でも目指してるの？」

「えー、それいいじゃん。世界を股にぶら下げようー」

どこかズレた櫻井とミツカの会話に、獅王が頭を抱えているのが想像できた。

「ぶら下がったら違うブツだろ。おとなしく股にかけろ」

「やだー、レオちん朝からお下品！」

声がこちらに近づいてくる。

「……おまえら、来るなとは言わないから前もって連絡くらいしてくれ」

「おはよー環奈ちゃん」

「環奈ちゃん、朝ごはん？　おにぎり？　準備いいね！」

獅王の出迎えにより、部屋へ入るのを許されたらしいふたりが元気いっぱいでリビングに姿を現した。

「おはよう、ございます……？」

目を丸くした理由は、ふたりの服装にある。

なぜか、櫻井とミツカはデニム素材の着物を着用しているのだ。

デニムの着物にチェックのカジュアルな帯を締め、同じデニム素材の羽織をチェーンで留めた櫻井は、文豪風にマフラーを巻いている。派手な髪色も相まって、妙に決まっているからおもしろい。

同じくデニムの――こちらは着物なのか着物風ワンピースなのか判断しにくいが、おはしょりがなくてポケットのあるデザインだ。インナーにタートルネックのニットを着て、ベレー帽をかぶっている。

――今日は和風コーデの日、とかなのかな。

デニムの着物というのを初めて見たこともあり、インパクトに圧倒されて気づかなかった。おにぎりが、「準備いい」とは――

「それじゃ、着替えようか」

「えっ？」

「行くぜ温泉、我ら和コーデ探検隊！」

何を探検する気だ、とツッコむ暇も与えずに、環奈はミツカに手を引かれて自室へ連行される。

週末は騒々しくもおかしく、奇抜にして愉快に始まった。

着替えを終えて廊下に出ると、同じタイミングで獅王の寝室のドアが開いた。

長身の彼は、恩人の鎌倉大地が愛用するのと似た帽子をかぶっている。

「え、獅王、似合う！」

帽子だけではない。獅王もまた、ブラックデニムの着物を着つけられていたのだ。低めの位置で帯を締め、中にパーカーを着た現代風書生っぽい着こなし。体に厚みがあるからなのか、着物の衿合わせは少し開き気味になっている。

「すごい。初めて見た。櫻井さんとミツカさんに感謝だね」

そう言う環奈も、ミツカの持ってきたデニムの着物を着つけてもらったあとだ。

黒い高襟のニットに、ちょっと丈の短いインディゴブルーのデニムの着物、グレーのベレー帽はミツカと色違いなのが嬉しい。中は寒さ対策に黒いタイツを着用した。編み上げのブーツを履くよう言われている。

「こんなにかわいい環奈を見られるなら、こいつらのたくらみに乗るのも悪くない」

仏頂面だった獅王が表情を緩めた。

「ほらー、オレの言ったとおりでしょ？　レオは環奈ちゃんの着物姿が見られたら、絶対にやにやするって。ねー、ミツカ」

ミツカが無言でうなずくのを見て、獅王が櫻井にヘッドロックをかける。

「っちょ、痛い痛い痛い、馬鹿力やめて。キマってる、それキマってるから！」

「ありがとう櫻井、俺は環奈マニアだから今日の謎行動はすべて許す。これ一発でな！」

いつも大人であろうとする獅王だからこそ、櫻井といるときは少年に戻ったようで微笑ましい。彼らは小学生からのつきあいだから、もう二十年来の親友ということになる。

先に蜆沢組の組員になっていた櫻井が、環奈のために家を出ることを決意した獅王に兄貴分を紹介してくれたと聞いている。もちろん、今はふたりとも一応カタギ。一般人を名乗っているが、どちらも微妙に裏社会とかかわっていそうなのは口に出さない。

「はー、死ぬかと思った……」

「動画撮影しておいたよ」

スマホを構えたままのミツカがにこりと微笑む。櫻井を心配するでもなく、冷静に動画を撮影するところが彼女らしかった。

「じゃあ、あとでちょうだい。加工してフェイク動画にしよう。拡散するかー」

「するな」

獅王の低い声に、環奈は笑いそうになる。

なんだかんだ言って、心を許した友人だからこその距離感だった。

「あのー、質問です」

右手を挙げると、着物の袖口が下がる。

「ハイ、環奈さん！　質問は一度にひとつでお願いしますー」

「今日はコスプレの日なんですか？」

「ブッブー、違います」

「じゃあ、どうして着物……？」

デニムの理由は、なんとなく想像がつく。普通の着物では、着つけが大変だ。そして、カジュアルに着崩すのにデニム素材の着物はとても適している。

「それはね、温泉に行くからでーす！」

ダイニングテーブルにあった食べかけのおにぎりが、ラップに包まれていた。だから「準備いい」だったのか。今すぐ出かけるためのお弁当——という理由で納得できるかどうかは別として、彼らが何を計画しているかは判明した。

——いや、待って。

「温泉と着物にどういう相関関係があるか言ってみろ、櫻井」

「和風」

環奈の最後の疑問は、口に出す前に解決した。それは解決しているようで解決していないようで、楽しければいいという結論に上書きされる。

カジュアル和装の四人は、ミツカの運転する古い外国車で渋谷区を出発した。近年、生産終了したことで話題になったドイツ車だ。

若草色の車体は独特の丸いフォルムが愛らしい。ただし、カブトムシの名前をつけられた小さくてかわいい車なため、後部座席の獅王は窮屈そうである。

「おかしいだろ……車としておかしいだろ……?」

何度もそう言う彼に、

「獅王のサイズのほうがおかしいっしょ」

と櫻井が笑った。

なるほど、言われてみれば日本人離れした体格なのは間違いない。

「ところで、急に温泉なんてどうしたんですか? 予約してくれてたってこと?」

尋ねた環奈に、助手席の櫻井がにんまりと笑いかけてくる。

「なんかねー、仕事のお客さんからもらったんだって」

「今日の予約なのに、一昨日逮捕されちゃったらしくて」

――ハイ???

「とある企業の社長さんなんだけどねー? まあ、いろいろやってる会社で、うちのバーの常連さんで、あ、裏稼業のほうの常連さんでもあってね」

ミツカは表向きオーセンティックバーの雇われ店長をしているが、裏では情報屋も営んでいると聞いていた。情報屋なんて実態のわからない仕事だが、彼女はあまり隠し立てしている様子もない。

「それで、中途報告までで依頼打ち切りになる代わりに温泉の予約を引き継いだの。ラッキーだよねー」

——それは引き継いでいいものなのかな……

わずかな不安と冬の青い空。

「だいじょうぶ、オレら何も悪いことしてない！」

「おまえはそろそろサイバー犯罪対策課に捕まればいい」

「っちょ、やめて、それあんまシャレにならないからマジやめて」

元極道とその女たちには、人に言えない秘密が多い。

——わたし、この中にいるとすごく普通だ。

いつも特殊側にカテゴライズされやすい環奈は、どうでもいい自信を感じてぐっと拳を握りしめた。

† † †

首都高速三号渋谷線から東名高速道路を使い、箱根口《はこね》ＩＣで高速を降りる。着いた先は、懐かしさの残る箱根の温泉街だ。高速道路に乗っている間、獅王はひたすら「俺の車で来るべきだった」を繰り返した。自分で運転しない環奈にはわからないが、ミツカの運転はなかなか恐ろしいものだったようだ。

約一時間ほどのドライブを終えて箱根に到着した一行は、旅館のチェックイン時間になるまで観光をすることになった。そこでまず入ったのが、東京でもよく見るチェーンのコーヒーショップ。

「……なんで箱根まで来て」

「やだなー、レオはわかってないなー。まずは日常を楽しんでから、非日常に突入するんだってー」

箱根は温泉と駅伝が有名だが、だからといって普段から着物を着ている人が多いわけではない。コーヒーショップに入った四人は、周囲からの視線を集めていた。

途中で入手した観光マップをテーブルに広げ、ああでもないこうでもないと行き先を相談し、向かったのは箱根仙石原《せんごくはら》にある美術館だ。理由はミツカが見たいと言ったから。

もともと箱根に来るプランを持っていなかった獅王と環奈には、特別行きたいところというのが思いつかなかった。なので、見たいところのあるミツカの意見が優先されることには問題がない。

——箱根かあ。初めて来た。

不意に、これもまた自分にとっては獅王との初めてだと気づく。

「ねえ、獅王」

「うん？」

「獅王は箱根って来たことあるの？」

長身の彼は、目を細めて首を横に振った。

——一緒の初めて。

そこにこだわるつもりはないのだが、嬉しいものは嬉しい。子どもっぽい独占欲だとわかっていても、好きな人を独占したくなるのも本心だ。

「つーか、この格好浮くだけじゃなくて寒いだろ。環奈、何か羽織るもの買うか？」

東京を出発したときは広がっていた青空が、重い灰色の雲で覆われている。もしかしたら雪が降るかもしれない。

「そうだね。風邪ひくと困るから、あとで何か見繕いたいかな」

「それまで俺にくっついとけ」

「もしかして、獅王が寒いんじゃないの？」

冗談めかして笑いかけると、彼がわかってますよと言いたげに首肯した。

「はいはい、そういうことにしておくからくっついてなさい」

腰を引き寄せられる。腕を組んでみると、思っていた以上に温かい。いや、自分が思うより冷えていたというのが正しいのか。

「あの変人どもにつきあってたら、命がいくつあっても足りないからな。あんまり無理するなよ」

「わたしが風邪ひいたら、看病してね」

「……看病なんて、昔からしてやってるだろ」

——そうだった？

脳裏にかすめるものはあれど、それがいつのことなのかはっきりしない。体調を崩したときは、獅王よりも継母に看病してもらっていた気がするけれど——

「あ！　熱中症の……」

「レオー、環奈ちゃーん、早く早く、置いていくよー」

櫻井の大きな声で、環奈の言葉はかき消される。

十時の開館を待っていた櫻井とミツカが、こちらに手招きする。

「行くか」

「うん」

ヴェネチアングラスを専門に扱う美術館に、謎のデニム和装軍団が入館したのはその二分後のことだった。

二時間後。

美術館を出たとき、ミツカは今まで見たことのないような満面の笑みを浮かべていた。

まさに名前の満花を感じさせる笑顔だ。

それもそのはず、彼女はミュージアムショップで信じられない金額のガラス製品を買い込んだ。ひとつやふたつではない。自宅に配送してもらわなければいけないほど買った。

一体数万円のガラス製の人形を複数、レースガラスの器、ロゼッタビーズの瀟洒なネックレスに一輪挿し、小物入れ、置物と、およそショップに在庫のあるすべての商品を買ったのではないかと思う買い物だった。

「あっはー、いっぱい買っちゃったー。ショッピングハイ！」

「ミツカちゃん、キラキラしてるものに弱いからねー」

世の中には、環奈にはまったく想像できないような金銭感覚の人がいくらでもいるのだろう。思っていたより身近に、そういう人物がいることがわかった日である。


それから車で移動したのは、まだ新しい高級リゾート旅館。温泉街というともっと古刹めいた建物を考えていたが、最近では海外からの観光客も多いため風潮が変わってきているらしい。

謎の社長が予約した旅館は、全部屋が戸建てになっている。当然、客室ごとの露天風呂もあるという。

「じゃ、オレらこっちだから、夕飯のときにねー」

「環奈ちゃん、あとでね」

櫻井とミツカが先に客室に姿を消し、途中で買ったストールを巻いた環奈は獅王を見上げた。

「俺たちも行こう。外にいつまでもいたら環奈が冷える」

「大きいお風呂もあるんだよね？」

「ん、まあ、あるんじゃないか」

大浴場にはまったく興味がなさそうな彼が、手にしたカードキーをひらりと裏返す。

防犯面からすればカードキーなのはわかるものの、侘び寂び文化を凝縮した日本庭園を右手に眺めると違和感が残った。そもそも各戸が和風建築だ。引き戸だ。不思議に思うのも無理はない。

そんなことを考えながら歩いていくと、ふたりの泊まる部屋に到着した。

白木の引き戸に、カードを読み取る電子リーダーがついている。獅王がカードキーをかざすと、ピピッと電子音が鳴ってロックが解除された。

「っっ……!?」

獅王と再会してから、金銭的に余裕のある生活に慣れてきたと思う。彼の周囲にいる元極道関連の人を見ていて裕福なおうちも少し見慣れた自負もあった。

しかし、この部屋は反則だ。

「ひ、広すぎない？　ここ、四人部屋の間違いかも……？」

横長の平屋造《ひらやづくり》なのは外から見てもわかっていたが、玄関の廊下を抜けた先には少なく見積もっても二十五畳はありそうなフローリングのリビングルーム。外はテラスになっていて、露天風呂が設置されている。その向こうには清流が流れていた。

「ああ、やっぱり部屋の露天風呂は、外が山になってるんだな」

何に納得しているのか、獅王がひとりうなずいている。彼はこの部屋の豪華さより、露天風呂に興味があるらしい。

「もしもーし、獅王さーん？」

「ん、なんだよ」

「外が山だと何か不便があるの？」

きょとんとして尋ねた環奈に、獅王のほうがぎょっとしたようだった。

「いや、おまえな、そこは気にしてくれ」

「ええ？」

「いいか、露天風呂は外にある」

そんなことは言われずともわかっている。露天とは本来、屋根のない場所を指す言葉だ。まあ、そういう意味では露天風呂といっても部屋についている風呂場は屋根がある。雨の日に宿泊した客が困らないよう設計されているのだろう。

「で、特に外から見えないように配慮した造りにはなってない。そんなことしたら、風呂からの景観を損なうだろ？」

「あ、うん」

言われてみれば、そのとおり。

テラスには手すりがあるものの、下半分が板張りになっていて上半分は環奈でも通り抜けられそうなほど隙間がある。あれは、風呂に浸かりながら外の景色を楽しむための工夫だったのか。

「つまり、こっちから見えるってことは向こうが山じゃなかったら？」

「あ、そっか。向こうに道とか建物があったら困るよね」

この段になって、獅王がやれやれとばかりに肩をすくめた。

「もし、川と山――山というか林か？　まあ、その木々がなくて人が入ってこられそうな場所になっていたら、俺は環奈を露天風呂に入れさせられない」

過保護と呼ぶべきか、常識と考えるべきか。

――まあ、わたしも獅王の体を人に見せびらかしたいわけじゃないけど。

「だからおまえは、あの川と山に感謝しとけよ？」

「なんか理不尽」

ぷくっと頬を膨らませた環奈に、獅王が眉尻を下げた。

† † †

夕食は櫻井たちの部屋で一緒に食べ、二十時を過ぎたころに受付のある本館の外で足湯の場所を確認して部屋に戻る。

食事の間、獅王と櫻井は何度も「大地さんと心花ちゃんも誘いたかった」と言っていた。

彼らの敬愛してやまない鎌倉大地という人物は、聞けば聞くほど元ヤクザとは思えない人助けの専門家に思える。無論、本職だったころは違ったのかもしれないし、人はいくつもの面を持っているということなのかもしれない。

——結婚披露宴のときと、そのあとマンションにお邪魔させてもらったとき。わたしは、鎌倉さんご夫妻にまだ二回しか会ったことがないけど……

長い時間をともに過ごさずとも、大地と心花に好感を持った。大地に対しては感謝の気持ちもある。彼が獅王によくしてくれたから、今の獅王が蜆沢組を抜けて暮らしていられるのだと環奈も知っていた。

「環奈」

部屋に戻った獅王が、開け放したカーテンの前で小さく手招きする。

「どうしたの？」

そばに寄ると、そのままふわりと抱きしめられた。

「なあ」

「うん」

「これもふたりだけの初めてだな」

温泉旅行に来ることも、箱根に来ることも、露天風呂のある部屋に泊まることも、どれもこれも初めての出来事だ。

「そうだね」

彼の背中に腕を回す。そういえば、食事のあとで温泉に入ると決めていたから、まだ備えつけの浴衣に袖を通していない。デニムの着物コーデは、和風の雰囲気を堪能するのになかなか便利だった。櫻井とミツカのアイディアは正しかったということになる。

「てことは、当然風呂は一緒に入るだろう？」

どうやら獅王は、環奈が露天風呂に一緒に入らないと言い出すことを懸念しているようだった。

――先日のバスルームでの一件を考えたら、そういう選択肢もアリかもしれないけど。

だからといって、せっかく露天風呂付きの客室に宿泊しておきながら拒絶するほど環奈だって野暮ではない。

「もちろん一緒に入るよ。獅王こそ覚悟はいい？」

挑戦的な環奈の言葉を受けて、彼は満足げに「まかせろよ」と答えた。

一枚板のガラスに木板を並べた天井は、季節によっては星空を楽しめるのだろう。残念ながら今夜は雲しか見せてくれない。

そう思っていた矢先、思いがけない雪が降り出した。

日中の気温を考えれば雪が降るほどの寒い日ではなかったからこそ、なんだか特別嬉しい気持ちになる。

「環奈、肩まで入らないと風邪ひくぞ」

雪に見惚れる環奈の肩を、湯船で温まった手がぐいとお湯の中に沈めた。

「もう、強引にしなくても自分で入れる！」

背中をあずけた獅王の逞しい胸筋は、温泉とはまた違った心地よさがある。

環奈には、筋肉萌えのようなものはない。少なくとも自覚はない。けれど、獅王と恋人になって体をつないで夫婦となった今、筋肉も獅王のいち部分として愛している可能性を感じはじめた。

——いや、獅王が痩せても太っても、今みたいに鍛えた体じゃなくなっても好きなんだけどね。

開いた脚の間に座っているので、獅王の両膝が肘掛けのような位置にくる。環奈は手を伸ばし、獅王の膝から脛に指を這わせた。

「なんだよ、くすぐったい。誘うならもう少し色気がほしいとこだな」

「そうじゃないです。獅王の筋肉を確認してたんですー」

「今さらか？」

クックッと肩越しに彼の笑い声が聞こえてくる。

空気が冷たいせいで、呼気が白い。温泉の熱さがいっそうしみじみと感じられた。

白い陶器造りの湯船に浸かり、環奈は目を閉じる。清流のせせらぎと、絶え間なく湯船に注がれる湯の音が混ざり合った。

「なあ、環奈」

この幸せな時間にふさわしい、優しい声音で獅王が名前を呼ぶ。

「俺は、何かしてくれるから環奈を好きなわけじゃないってわかってるか？」

鍛えられた両腕が、静かに環奈の肩を抱いた。水面にさざなみさえも立てないよう、慎重に。

「わかってるつもりだよ。だけど、やっぱり何かしてあげたくなるのも好きだからなんだよね。獅王もそうでしょ？」

「それはそうだ」

肩に彼の顎が当たる。今、きっとうなずいたのだろう。

「俺を好きだから、何かしてくれるっていうなら」

「うん」

全裸で、ふたりきり。

多少鈍感な環奈でも、この局面でそっち方面のお願いをされるのは予想できた。

しかし、獅王は——

「じゃあ、俺より長生きしてくれよ」

いつでも環奈の想像なんて、軽く飛び越えていってしまう。

一瞬の沈黙と、それを追いかける笑い声が弾けた。

「だいぶ先の話になったね。今してほしいのかと思ったのに」

「ばーか、本気で言ってるんだからな。絶対長生きしろよ?」

「それって、獅王より長くって意味でしょ」

「俺は百まで生きる予定だからよろしく」

「最低でも九十七歳……」

遠い未来に思いを馳せる。まだ想像も難しい七十年後。そのころには、どんな自分がどんな獅王と過ごしているのだろうか。

——できたら、仲のいい老夫婦になりたいな。一緒にお散歩して、一緒に買い物に行って、一緒にシルバーカーを……

「環奈がいなくなったら俺の世界は終わっちゃうだろ？」

さも当然とばかりに獅王が言う。

「終わらないでしょ」

「終わる」

「終わらない」

「終わるって言ったら終わるんだよ。少なくとも、俺の存在意義は終わる！」

そんなことを宣言されて、どうしろと。

冗談とも本気ともとれない声が、天井に反響して夢のように聞こえてくる。

「あのね、獅王、もしわたしがいなくなっても獅王の世界も存在意義も終わらないよ」

ゆっくり、はっきりと声に出した。そして、彼の腕の中で体の向きを変える。

向かい合った獅王は、笑っていない。

眉根が寄って、困った顔をしている。

強くて優しくて賢くて、お金にも困らなくてどこにだって行けて、どこにだって住めて、どんな未来だって望めるのに、置いていかれた子どもみたいな表情で自分を見つめる彼がいとおしい。

精悍な頬に右手をすべらせ、環奈は微笑む。

この人のことが好きだ。これまでの人生で何度もそう思った。だが、今日はいつもと同じでいつもとは違う愛情を覚えている。

——獅王を産めたらよかったのに。

彼には母親がいる。彼の母親になりたいわけでもない。むしろ環奈にとっても継母であり義母である。だとしたら、今よりもっと分かつことのできない関係になりたいのだろうか。それも腑に落ちない。

「わたしがいてもいなくても、いたっていうことを覚えている獅王がいる限り終わらない。だから、獅王の世界はずっと終わらないね」

——ああ、そうだ。

産むのは、獅王本人でなくともいいのだと気づく。

ふたりが今ここにいて、いつかこの地上から人間としての存在を失うときが来たとしても、ふたりがいたことを知っている誰かはいるかもしれない。

環奈がいなくなっても。

獅王がいなくなっても。

——わたしは、獅王の子どもを産みたいんだ。

彼が普段突き上げる最奥より、さらに深い部分に切なさが走った。

「なんで死ぬ前提だよ」

「それは、獅王がそういう話をしたせいでしょ」

「俺はしてないだろ？」

「長生きしてって言った」

「それは死なない前提だ」

「……獅王はわたしにどうなってほしいの？」

「妖怪になれってこと？」

濡れた唇に、かすめるようなキスをする。

だが、もし妖怪になれたとして、その場合人間の獅王と一緒に生きていけるだろうか。

「いなくならないでくれよ」

強い男が、泣きそうな笑みを浮かべていた。

――あ、わたし、妖怪になろう。

こんな表情を見たら、妖怪になるくらいなんてことないと本気で思う。

一度だけ、獅王を泣かせた。あのときよりも今のほうが、心を引き絞られるように痛い。

痛いのに幸せで、幸せだから痛い。

毎日、どんどん好きになる。好きは積み重なって、環奈の身長よりずっと高く育っている。

だから、痛い。一緒にいたい。痛くて痛くて、いたいのだ。

「だいじょうぶ。わたし、妖怪になれそうな気がしてきた」

「俺が死んだあと、ひとりで生きるのは平気なのか。この妖怪は」

「獅王を笑顔にするためなら、地球が滅びるまで妖怪のままでいい」

「……最高の殺し文句かよ」

もう俺ここで死ぬんじゃないのか、と彼が笑った。

「でも、妖怪になれなくても好きでいてね」

「落ち着け。たぶんなれない」

「そこは、妖怪になっても好きだよと言われたい」

まったく何も解決していないのに、好きな人と笑い合って触れ合っているだけですべての問題がクリアできたような気持ちになる。気のせいでも構わない。次にまた迷うときには、同じようにきちんと顔を合わせて考える。

心と心をさらけ出し、お互いにとっての幸せを考える。

愛情の行き着く先が同じ墓だったらいいと心から思う。


どこまで深くつながれるかを物理的に考えたら、セックスなんてたいした深さではない。

「っっ……、ひ、ぅッ……」

体のほんの一部、限界まで努力したところで三十センチもいかないはずだ。

それでも他人の体を自分の内側に受け入れるという行為には、数値ではかれない受容がある。恐怖がある。快楽があって、愛情がある。

「環奈」

耳元で呼ばれた名前は、吐息の熱に甘く焼けていた。

「余計なこと、考えてるだろ」

「か、んがえて、な……っ」

考えていた――とは言えない。

「罰として、俺が満足するまで環奈からキス」

ぱしゃん、ぱしゃんと湯が跳ねる。ふたりの動きに合わせて、水面に数えきれないほどの波が立つ。

「キス……っ、してると、んっ……イキそ、あ、ぁ……ッ」

「いいよ。何度でもイケばいい」

ほら、早く――

彼の目がキスをよこせとうながしている。赤い舌先が上唇をちろりと舐め、ここだと教えていた。

「獅王……っ」

乱れた呼吸を整える余裕もないまま、環奈は彼の唇に自分の唇を重ねた。

すぐさまどちらからともなく舌が絡み合う。ねっとりと、たっぷりと、上も下も左も右もわからなくなるほど、キスに狂わされていく。

──ダメ、お願い、こんなのすぐイッちゃう。

こすれる蜜口が、切なく疼いた。彼を留めようと粘膜が収斂しても、獅王はいっそう抽挿を速める。隘路をしとどに濡らし、子宮口をノックして、環奈を追い詰める快楽の楔。

獅王の劣情は、今にも破裂しそうなほどに先端を幾度もビク、ビクッと震わせる。

それを感じるたびに環奈の体も感度を上げてしまうのだ。彼を搾り取ろうとする本能が、無自覚に根元から先端まできゅうう、と締め上げる。互いの粘膜が密着すればするほどに、快感が高まっていく。

「っっ……ん、ん、ぁあぁッ……！」

重なる唇の間から、環奈は淫らな嬌声を漏らした。

口腔を舐っていた彼の舌が口から抜けて、ちゅぽんっとはしたない音を立てる。

「ん、むッ……」

それを許さないとばかりに、獅王の唇が隙間を埋めた。またしても彼の舌が環奈の舌を捕らえていた。

──いや、ダメ、イク、イッちゃう。もう、イッちゃうから……！

湯けむりの中、獅王の黒い髪は艶《つや》を増す。濡れて毛束になった前髪が、ところどころ透明なしずくをつけていた。

「んーっ、ん、んぅ、んッ……」

気づいたときには、達している。

だが、環奈が快楽の果てを迎えていると知っても獅王は動きを止めない。次の波がゆるやかに訪れ、イキながらまたイクような時間が続いていく。

「っっ……ん、くッ……」

どん、と獅王の胸を拳で叩いた。

もう無理だと、これ以上したらおかしくなると、いつも口にする言葉を唾液と一緒に飲み込む。その唾液がどちらのものかはわからない。

唐突に唇が離れた瞬間、ぷは、と水の中から顔を出したときに似た息が漏れた。

「環奈、俺も経験がないから、一応確認なんだけど」

「ぇあ……？　ん、ぁ、あ、何、んっ」

突き上げられるたび、胸の先端が彼の胸筋にこすれる。悦楽と温泉に身を浸して、環奈はにじんだ視界で獅王を見つめた。

「このまま、湯船の中で出すのはまずいんじゃないか？」

情欲にかすれた声で、彼はひどく真剣に問いかけてくる。

考えるまでもなく、よろしくないことだ。わかっているのに、体は彼を欲している。抜かないでと蜜口がすぼまった。

「ぁ、ああ、抜……っ……んん」

「どっちだよ」

ふは、と息だけで笑いをこぼし、獅王が前髪をかき上げた。小さな水滴が弾け飛び、環奈は何も考えられなくなる。

本能の訴える「このまま出して」も。

理性の唱える「このままはダメ」も。

どちらも正しくて、どちらも同じくらいに間違っている。

「仕方ないな」

そう言った獅王が、環奈を貫いたままで立ち上がった。当然、両腕で尻をつかみ、抱き上げてくれている。だが、水中の浮力を失った体は今までにないほど深く深く彼の劣情を受け入れていた。

「ぃ、やぁあ、ダメ、待って、や、ヤダ、あっ、あ、あああ、イク、イッてる……っ」

嫌と言いながら、自分から彼に腰を押しつける。咥え込んだ雄槍をぎゅうぎゅう締めつけて、本日何度目かわからない絶頂に泣き声をあげた。

「立ち上がっただけでイクとかかわいすぎるんだよ。だから、おまえのせいだぞ」

――何、言ってるの……?

返事のしようもないでいると、獅王が湯船から洗い場に移動する。歩くたびに当然ながら環奈の中で彼の角度が変わる。

「っっ……ぁ、やだ、動かないで、や、あっ、まだ、イッてるのにッ……」

「我慢」

「ムリぃ……っ！」

両腕で、獅王の首にしがみついた。

「ああ、まったく。俺の我慢のほうがとっくに限界だ……ッ」

叩きつけられる愛情に、幸福と快楽で目がくらむ。

どうして、と考えることはなかった。どうしても、感じてしまう。どうしようもなく、彼がほしい。

「奥に出すから、もう一回イキ顔見せろよ？」

「れ……っ……」

「ほしいよなあ、環奈？」

うなじがゾクゾクと震えた。

隘路が狭まり、達する準備ができている。

「ほ……しい、ほしい、全部、ちょうだい……っ」

「おまえにしかやらねえ」

子宮口に打ち込む勢いで、獅王が腰を突き上げた。深い部分を重点的に速く短く激しく抉る、ラストスパートに息を呑む。

――好き、獅王が好き、大好き、全部奪って、全部与えて、わたしだけに全部……！

「全部、受け止めろ……ッ」

愛情は、爆ぜても爆ぜても終わりを知らない。

飛沫を上げる白濁が、環奈の体の中ににじんでいく。

「……この体位も初めてっちゃ初めてだな」

「ばかぁ……」

でも、好き。

頬にキスした環奈は、抜けかけていた彼の劣情が力を取り戻すのを感じた。

余計なキスは、受難を招く。愛情過多という名前の睡眠不足を呼び寄せるのだ。

† † †

「――で、なんでこんな夜中に俺は呼びつけられてるんだ」

不機嫌そうに言ってから、獅王は頭を抱える。これか、これのことか、と心の中で声がした。

つい数時間前、環奈が言ったのだ。

『獅王は親しい相手にほど、不機嫌そうに話すよね』

そのときは否定したが、今になって事実かもしれないと思う。

二十九年も生きてくれれば、自分のことをそれなりにわかっているつもりになる。少なくとも、まったく気づいていない部分を人から指摘される回数は減るだろう。

『そんなわけあるか』

鼻で笑った数時間前の自分をうしろから蹴り飛ばしたい。ここまで気づかずに生きてきた自分を、というべきか。

どちらにしても自分が櫻井を親しい相手として認識していることも、不機嫌そうに話しかけてしまうことも事実だった。

「なんでって、そんなのレオが寂しそうにしてたからじゃーん」

「俺はちょっと散歩してただけだ」

「環奈ちゃんが寝ちゃったからっしょ」

「…………」

疲れて眠ってしまったと言えばかわいらしくも感じるが、疲れさせた側の自分が言うとマッチポンプに近い。

「ぐうぜーん、奇遇ー、オレもちょっと散歩したくなっちゃったー」

「おまえ、俺にGPSつけてるだろ」

「えー、なんの話ー？　夏梅ワカンナーイ♡」

「蹴る」

「っちょ、待て、待って、レオくん」

「倍設定」

「愛が痛い！」

二十四時を過ぎて、獅王はひとり、清流に沿って散歩に出た。

愛のために妖怪にすらなろうとする女。彼女を今夜も抱きつぶしてしまった。しかも、記憶違いでなければ過去最速クラスだ。

旅先でふらりと深夜の散歩に出て櫻井と遭遇する可能性より、櫻井が自分のスマホからGPS情報を抜いている可能性のほうが絶対に高い。こいつはやる。過去にやられた経験もある。

「ミツカは置いてきてだいじょうぶなのか？」

「まーね、ミツカってほら、オレの愛を食べて生きてるでしょ」

櫻井とミツカが愛し合っているのは別に心配していない。

「もう少しいいもの食わせてやれよ」

「ちょっとー、オレの愛は最高級食材だってー」

さあさあと川が流れていく。

入浴時に降っていた小雪は、とうに止んでいる。

男ふたりで歩く温泉郷の夜に足りないものがあるとしたら、それはおそらくアルコール類だ。

「櫻井」

「んー？」

「ほんとうは、もらいものじゃないんだろ」

獅王の言葉に、彼が足を止める。

「バレてたかー」

「バレないと思ったのか」

「環奈ちゃんにはバレてないでしょ」

——たしかに。

環奈を喜ばせてくれたことも、ふたりで温泉に入れたことも、感謝している。

もし獅王が一緒に行こうと環奈を誘っても、すぐにうなずいてもらえたかは怪しい。彼女は基本的に倹約家で、獅王の仕事の忙しさをいつも心配してくれているからだ。

「で、何がほしいんだ？」

「話が早いなー、さっすがレオ」

そう言いながら、話を引き伸ばすときの櫻井は言うべきことを隠していることが多い。

何か気まずい話なのだろうか。

小さく身構えたところに、

「婚姻届の保証人、頼んでいい？」

余計なことはいくらでも大声で言えるくせに、櫻井は大事なことを小声で言う。

遠くの街から届く、曇りの日の汽笛のようだ。

「駄目な理由がねえんだよ、タコが」

「っはー？　オレはタコだけどミツカはぜんぜんタコじゃないですぅー。うちの天使ですぅー」

「無垢の権化なら俺の妻だが」

「しかもミツカはああ見えて賢いんだぞ？」

「落ち着け。環奈も同じ高校出身だ。偏差値に相違はない」

「つまり、オレたちの女ってめちゃくちゃ最高ってことじゃん」

星のない夜空に、櫻井の笑い声が響いた。

小学生のころからの長いつきあいだから知っている。彼は何も知らずに明るいのではなく、闇を経験した上でなお明るく笑う男だと。

「お互い、幸せが過ぎるな」

バン、と背中を叩く。

「っちょ、自分の筋肉量考えて。オレ、骨密度低いタイプのイケメンよ」

「自分でイケメンって言ってりゃ世話ないわ」

「誰も言ってくれねーから自分で言ってんだよ、察してよ！」

そのとき、雲の切れ間に星が光った。いや、光って流れて消えた。

「見た!?」

「……なんでおまえと流れ星見なきゃいけねえんだ。罰ゲームかよ……」

「運命力だなー。あー、オレたち運命共同体だもんねー」

それを肯定するかどうかは別として——

「おめでとう。幸せにな、櫻井」

大切な友人に、祝福を。

ニッと歯を見せて笑った彼を、きっと獅王は生涯忘れないだろう。

† † †

渋谷区にあるマンションの、とある一室。

向井家二号店と家族に呼ばれる獅王と環奈の愛の巣には、結婚披露宴のときの写真が飾られている。

向井の父と母、弟の那王。

櫻井とミツカ、大地と心花。

「ニアーン」

「どうしたの、吾輩」

足元に寄ってきた猫を抱き上げて、環奈は新しいフォトフレームをラックに戻した。

初めて獅王と温泉に行った記念の一枚に、笑顔の四人が写っている。

「お腹減った？　でもさっき食べたよね。吾輩はほんとうに食いしん坊だなあ」

だけどそこがかわいい。猫は少し食べすぎくらいが――

「……あなた、太りましたね？」

抱っこする吾輩が、明らかに重くなっている。環奈が餌をあげたあとに、獅王に二重催促をしている疑惑が浮かんできた。

「ニャッ！」

「ニャッじゃないの。命大事にだよ、吾輩」

あの獅王だって、環奈に長生きを懇願する。愛する者には生きていてほしい。そばにいて、ぬくもりを感じて、幸せそうな姿を見ていたいのだ。

「あっ、待って、吾輩さーん」

腕からするりと逃げ出した猫が、尻尾の軌道を残して去っていく。

「何してんだ、楽しそうに」

リビングのドアを開けた獅王の足元を、吾輩は廊下に向かって出ていった。

「吾輩、太った」

「おお、成長期だな」

「どう考えても違うけどね」

さて、愛猫の食べすぎ疑惑は横に置いて、ふたりには計画すべきことがある。

櫻井とミツカの結婚祝いは何にするか。

冬の太陽が、レースカーテン越しにリビングを明るく照らしていた。今日も空は青い。

たとえばそれは、雨の日や曇りの日があってもいつか必ず晴れると誰もが知る空の色。

あるいはそれは、どんなに泣いてもまた笑える日が来ると誰もが信じる自分の力。そして
それは、努力が絶対に報われると信じる心と、報われなくても努力に意味があったと過去
をねぎらう優しい言葉。

決まりなんてなくていい。

可能性の未来には、一秒ごとに別れを告げて。

明日の確約はないままに、ただ愛することを続けていく。

「いっそ、ヴェネツィアに旅行に連れていくのはどうだ。ミツカは喜ぶし、ミツカが喜ん
でるのを見て櫻井も嬉しいってことで」

「楽しそうだけど、ミツカさん、破産しないかな……」

「あいつらには潤沢な資金と資金源があるから、そこは心配しなくていいぞ」

——逆に不安を煽るのはなぜかな!

悩ましい気持ちで夫を見上げる。

げんなり顔の環奈とは裏腹に、笑顔の獅王がそこにいた。

「むしろ、破産したらそれはそれで話のネタになる」

「友だちに対して愛情がない!」

「俺が櫻井に愛情を注いだら、そっちのほうがいろいろ問題だろう」

「だって、ふたりきりで流れ星を見たんでしょ?」

あの温泉旅行で、初めてのことをふたりでしたのは獅王と環奈だけではなかった。獅王と櫻井もまた、初めての体験をしていたのだ。

——わたし、流れ星すら見たことないのにいいな。

「……待て。どうして浮気したのを責めるみたいな顔してるんだ」

「あっ、浮気。わかりやすい。そんな気分」

拗ね顔で言うと、うしろから抱きしめられた。

「俺はおまえの盾だろ?」

「ごまかしてる?」

「いや、夜は槍かもしれないなって思ってる」

「エロオヤジ……」

こめかみに、耳に、首に、キスが降ってくる。

やわらかな唇の感触に目を閉じると、耳朶をかすめて獅王が口を開いた。

「俺がエロオヤジになっても、おまえはずっとかわいい純真な環奈のままだよ」

「どういう意味？」

「そういう意味」

——獅王はわたしを純真だと思いたいんだろうけど……

彼の腕の中、環奈は次の作戦を練る。

次の初めてを、ふたりで。

「そのうち、びっくりするくらい成長するから覚悟しててね」

「それは楽しみだ」

どこかで車のクラクションが鳴った。

遠い未来の約束を追いかけるように、連綿と続く幸福を誓い合うように。

第三話　Favorite

あれは、もう二十四年も前のこと——

明け方の歌舞伎町《かぶきちょう》は閑散としているのに、人いきれの臭いが残っていた。

吐瀉物と、生ゴミと、煙草。

ある意味では人間も生ゴミになりうる街を、鎌倉大地は尊敬する男と歩いていく。

男の名は、但馬大吾《たじまだいご》。

関東広域で名の知れた反社会的勢力、圓龍会傘下の蜆沢組で幹部を張っている。今の会長の遠縁の娘と結婚し、将来は本家の幹部になるともっぱらの噂だ。

「あ、ちょっと、そこの怖い顔の人たち！　朝からヤクザもんがこんなとこ来ないでよね」

古い雑居ビルの階段を下りてきた制服の女性警察官が声をかけてくる。

言葉だけを拾ってみれば、なんとも怖いもの知らずの発言だ。しかし、彼女——北見雪《ゆき》は但馬相手でも怯むことがない。

「なんだい、うるせえねえちゃんじゃねえか。そっちこそ朝からパトロールかい？　今日もお仕事ご苦労さんだな」

こちらは前夜から飲み明かしたあとの朝である。酒臭い息で笑う但馬に、雪は大仰なため息をついてみせた。

「パトロールじゃないわよ。朝っぱらから呼びつけられたの。あたしだって、こんな時間に叩き起こされたくないわ、ホント」

公僕らしからぬ発言に、但馬が頬を緩める。大地は、但馬が彼女と話しているのを見るのが好きだった。

既婚者で子どももいる但馬が、女性警察官との道ならぬ恋を清算したのは先月のことだ。ただし、別れるのもこれで四回目になる。恋と呼べるほどの恋をしたことのない大地は、ふたりの姿が初めて身近で見る大人の恋模様だった。

男と女の関係には惚れた腫れただけではかれない感情が加算される。

それでなくとも警視庁の若き女性警察官として働く雪と、蜆沢組幹部の但馬では最初から大きな障害があった。妻も子もいる年上の男と関係を持つ女性は世に多くおれども、諸々の事情を考慮するとふたりの関係は最初から茨の道が約束されていた。

──それでも、人は恋をする。

「せいぜいパクられないよう気をつけて。鎌倉クンもね！」

「ああ、怖い怖い。大地、私らもよく吠える犬に噛みつかれんよう、裏道をひっそり歩いていこうや」

ツンと顔を背け、ふたりが反対に向かって歩き出す。悪態をつきながらも、双方がまだ未練を残しているのは大地にも伝わってきた。

そもそも但馬は普段なら、警察官相手にも笑顔で接する男だ。普段どおりにできない。それはすなわち、特別な相手だと認めたことになる。

──互いに好き合っているなら、一緒にいるのがいい。他人なんてどうでもいいじゃないか。優先すべきものは……

青臭いことを考えた自分を振り払うよう、大地は頭《かぶり》を振って但馬のあとを追いかけた。

ゴミ捨て場には、カラスかネズミに荒らされて破れたゴミ袋。

朝まで働いていた風俗嬢が帰宅するうしろ姿。

折れたヒールと、吐き捨てられたガムと、片方だけの手袋。

何度別れても別れきれない恋人たちには、この街がよく似合う。まして明るい恋でないのなら、なおさら。

「眠れないんですか?」

ダブルベッドの上で、小さな声が大地を気遣う。

ハワイで結婚式を挙げて帰国したばかりの新妻に、大地は目を開けて微笑んだ。

「いや、懐かしいことを思い出していただけだよ。心花こそ、まだ起きてたのかい?」

何度も別れて何度もやり直した恋人たちのひとり娘は、腕の中にいる。色白の彼女は、夜になるといっそう美しさを増す。青白い頬に薄明かりが映えるのだ。

母ひとり子ひとりで育った彼女と出会ったのは、二年前。

だが、大地が彼女の名前を知ったのは心花が生まれるよりも以前のことだった。

二十三年前、心花を妊娠した母親の北見雪が、最後に会ったときに言っていたのを今でも覚えている。

『心の花って書いて、こころ。あたしの希望の花だよ』

そのときには、雪のお腹に新しい命が宿っていた。

雪は、但馬と別れてひとりで心花を産み育てたのち、四十一歳でこの世を去った。そのことも、大地は知っていた。

もちろん但馬もすべてを知っていたのだろう。愛した女の行く末を。

ふたりが別れを選んでからも、大地は但馬のもとで裏街道を歩いてきた。

昔と違い、今の裏稼業は情報を売り買いする。仕事柄、人捜しや素性調査には困らない。

心花自身について調べたことはなかったものの、彼女の母親のその後を定期的に確認する二十余年を過ごしてきた。

――俺はずっと傍観者だった。この子が来るまでは。

二年前、母親を亡くした二十歳の心花は、一枚の写真を手がかりに父親を捜していた。大地の息のかかった調査会社にやってきて、若かりし日の大地の写真を見せたという。いわゆる「この人を捜してほしい」というやつだ。写真の裏には大地の名前も書かれていたため、すぐに情報は自分のところに届いた。

雪の娘が、自分を捜しにやってきた。

直接但馬のもとへ行かれるより、状況をコントロールするにはちょうどいい。大地は舎弟の獅王に命じて、ハウスキーパー募集の広告を作らせた。世界でただ一枚、心花にわたすためだけの求人広告だ。

春に、初めて彼女と会った。

母親譲りの白い肌と、母親とは違う寂しそうな目をした北見心花。

彼女には、雪が持っていた図太さがない。何をしても生き延びそうだった雪にくらべて、今にも消えてしまいそうな儚さを感じさせる。

それでいて、地に足をついて生きていく力のある女性だった。

料理じょうずな心花を、住み込みのハウスキーパーとして雇って以降、大地のマンションには毎晩、組の若い者たちが集まるようになる。どいつもこいつも、親と縁のないはぐれ者ばかりだ。時代が変わっても、極道になるような若者は似たりよったりの背景を持っている。

大地は、心花が但馬に会いたくて自分のもとへやってきたのだと思っていた。

たしかに但馬に直接近づく方法は、到底心花には見つけられなかっただろう。だから、自分の家に住まわせ、彼女の面倒を見る心づもりだった。なんなら、将来的に結婚するときには通帳の一冊も持たせて送り出してやろう。彼女の両親のことを考えれば、そのくらいしても罰は当たらない。

但馬大吾は、大地の唯一無二の恩人である。

彼がいなければ、どこかの路地裏で死んでいてもおかしくない人生だった。

彼女を見守り、彼女を見送る。それを心に決めていた大地に、心花は言った。

「大地さんは、わたしのお父さんかもしれないんです。北見雪を、ご存じですか？　わたしの母です」

「……知っていたよ。きみが雪さんの娘さんだということは」

ただし、心花が大地を父親と勘違いしていたのは、このときに初めて知った。

それでもいい、と思った。どうせ気ままな中年男のひとり暮らしだ。この年になって今さら女を作るでもなし、結婚の予定などましてありはしない。

二十五歳も年下の娘だ。

父親と思ってもらったほうが、同じ屋根の下で暮らすにも都合がいい。

そしてふたりはつかの間の父娘生活を送った。破綻は、真実が白日の下に晒されたからではない。

「もう、お父さんだなんて——父親だなんて思えない。だってわたしは、わたしはあなたのことが……」

初めて会ったときから二年を経て、心花の中で自分は父親ではなく男としての影を落としていたのだ。同時に、大地にとっても彼女は恩人の娘ではなくただの女だった。それを告げるつもりはなかったのだが——

獅王と櫻井のたくらみにより、大地は心花に本心を明かすことになった。いい年をして情けないが、舎弟たちの画策にまんまと乗ってしまったのである。

堰《せ》き止めていた分、箍《たが》がはずれたあとの動きは早かった。入籍の日取りを決めて、新婚旅行はハワイ島へ。

彼女には内緒にしていたけれど、これまで心花とかかわってきた者たちは皆、ふたりの結婚を祝いたがった。全員招待したのは、大地にすれば「自分が先に逝ったときにはおまえら全員、心花の面倒を見ろよ」というメッセージだ。

「ハーブティーを淹れましょうか。カモミールはどうでしょう？」

「いや、気にしないで――」

言いかけて、大地は言葉の続きを呑み込む。

このままベッドに横になっていて、眠れるかどうか。自分が寝つけないせいで心花を不安にさせてしまうくらいなら、いっそふたりでお茶を飲むのも悪くないかもしれない。

「迷惑かけて悪いね。頼んでいいかい」

「はい、もちろんです」

手元の明かりをつけて、心花がベッドからするりと抜け出す。

ガウンを羽織ると、彼女は寝室のドアに向かって歩いていった。ほっそりとしたシルエットを見つめて、大地も起き上がる。今夜に限って、なぜこんなに昔のことを思い出すのだろう。

「あ、大地さん」

「なんだい？」

「迷惑じゃありませんよ」

ドアノブに手をかけた心花が、細く扉を開けて振り返りながら微笑んだ。

「わたしにとって大地さんと過ごす時間は、全部大切なものです。だから、夜中のティータイムはぜんぜん迷惑じゃなくて、嬉しいことです」

ああ、と大地は思う。

こういう女性だから、生涯をともにしてほしくなるのだ。

同時に、心花はいつも相手を気遣っているからこそ、自分くらいは彼女を自由にさせてやりたかった。

――それが、この体たらくだ。俺がいちばん心花に面倒をかけている。

まったく、いい年をして何をしているのやら。

彼女の姿が廊下に消えたあと、大地は短いため息をつく。

「かわいすぎるのも罪深い。どうにも業の深い人生だ」

スリッパに足を入れて、彼女が着ていったのと色違いのガウンに袖を通した。

人生は、何が起こるかわからない。

四十七歳になって妻とそろいの部屋着を買うだなんて、大地だって想像もしていなかった。少なくとも二十四年前の自分は恋だの愛だの、そういうものに縁のない人生だと思っていたはずだ。

――すべては、彼女が変えてくれた。

幸福の色を、味を、形を、温度を。

心花が、大地に教えてくれたのである。

† † †

夜から朝に変わる時間が好きだ。

普段は早寝早起きの心花だが、母を亡くしたあとは眠れない夜を過ごした。

明け方が近づいてくると、心花はカーテンを開けて東の空を見上げる。

遠い上空はまだ濃紺の夜を広げているのに、ビルの輪郭をオレンジ色が包んでいく。月と太陽が邂逅を果たす短い時間。燃えるような橙色から、金色の太陽が生まれてくる。

雲を光らせ、夜の帳《とばり》を押しのけて、太陽はいつも東から昇ってくるのだ。

その様子を見るたびに、明けない夜はないという先人たちの言葉を思い出した。使い古された表現かもしれない。誰もが当然に知っている言葉かもしれない。

だが、それを実体験として手に入れることで、心花の小さな不安がひとつ減ったのも事実だった。

――まだ一時前だから、少し休んでから眠れば大地さんも体に負担は少なく済むと思う。

馴染んだキッチンに立ち、たっぷりのお湯を沸かす。

その間に、ティーカップとティーポットを用意して、いただきもののカモミールティーを棚から出した。

さっき彼は「懐かしいことを思い出していた」と言った。

おそらく、心花の知らない過去のことだと思う。

結婚してから、大地は心花に出会う以前のことをいろいろ話してくれるようになってきた。福岡で過ごした幼少期のこと、中学高校時代の話、それから姉と東京に出てきたあとの生活や、心花の実父である但馬大吾と出会った日のこと――

――なんだかつらそうな顔をしていたから心配になったんだけど、もしかしたら昔の悲しい出来事……？

自分より二十五歳も大人の彼に、心花ができることは数少ない。そばにいて、眠れない夜にカモミールティーを淹れるくらいだ。

――話を聞かせてって言っていいのかどうか……

「心花」

ガウンを着た大地が寝室からダイニングへやってきた。

「お湯が沸いたので、すぐ淹れますね」

とはいえ、沸騰したお湯でそのままお茶を作るわけではない。ドライハーブティーを淹れる場合は、沸騰したら加熱を止めて少し待つ。その間に、カップにお湯を注いで温めておく。

大地がダイニングテーブルの椅子に腰を下ろした。

あたたかいガウンに身を包む彼は、いつもより表情がやわらかい。もともと柔和な人だが、どこか夢見心地のように目を細めている。

彼の表情に見惚れながらも、ティーポットにドライカモミールを入れて、お湯の温度を計った。九十七・五度。理想的な温度になったので、ティーポットにお湯を注ぐ。

ティーセットをトレイに並べて運ぼうとすると、大地がキッチンまで来て持ってくれた。ハウスキーパーとして働いていたころだったら「わたしの仕事ですので」と固辞したところだが、今は彼の優しさに甘える。

「ありがとうございます、大地さん」

「お礼を言うのはこの場合、私のほうだと思うんだがね」

ふっと笑う彼が愛しい。

毎日そばにいて、毎日愛を感じる。

大地といると、心花は自分が自由になるのだ。夫婦という関係をくれて、居場所をくれて、大切にしてくれる大地にどれだけ感謝してもし足りない。

ダイニングテーブルを挟んで正面に座り、三分計の砂時計が落ちきるのを待つ間、ふたりはずっと黙っていた。沈黙が苦にならない。ゆっくりと時間が過ぎていった。

さらさらと細かな砂が落ちていき、最後のひと粒が落ちる。

心花は立ち上がって、ポットからカモミールティーをふたつのカップに注いだ。

「ああ、いい香りだ」

「よかったです」

　ハーブティーは苦手な男性もいるけれど、大地は食べ物の好き嫌いがないのと同じでお茶もなんでも飲む。人間に対して懐の深い人だということは知っていたが、こうして考えると何に対しても知らないままで拒絶しないところのある人物だ。

「心花は眠かったんじゃないのかい」

「えーと、実は……」

「うん？」

「今日、大地さんがお出かけしているときにお昼寝してしまったんです。なので、そこまで眠くないから心配しないでください」

　嘘ではない。

　ここ最近、妙に眠くなる。

　新婚旅行から帰ってきてからなので、最初は疲れが抜けていないのかと思っていた。だが、その癖がついてしまったのか、しばらく経った今もひとりでいると眠くてたまらなくなる。

　――ハウスキーパーだったら、勤務時間に寝るなんて許されないことだけど……

「あなたは働きすぎだからね。疲れたら昼寝するのもいいじゃないか。なんでも完璧にこなさなくたって構わないんだよ。なんなら、通いでハウスキーパーを雇ったっていい」

「！　それはイヤです」

夜だというのに、少し声が大きくなってしまった。

人が入ることが嫌なわけではないのだが、自分がハウスキーパーから妻になった立場だ。

次に来た女性が大地を好きにならないとは限らない。

「心花は、私がハウスキーパーなら誰でも手を出す節操のない男だと思っているのかい」

「違いますよ。相手の女性が大地さんを好きになるのを懸念しているんです」

心花の答えを聞いて、大地が眉を上げる。

「こんなおじさんを好きになる女性がそうそういるとも思えないがねえ」

「います。いっぱいいいます。だから、大地さんを閉じ込めてしまっておきたいくらいです」

「奇特な子と結婚したもんだ」

楽しげに笑う彼には、ベッドでの寂しそうな表情が見当たらない。

少しでも気持ちが切り替えられたのなら嬉しいけれど、無理をさせてはいないだろうか。

「最近は男性のハウスキーパーさんもいますよね」

「ふむ。それは私が困るねえ」

「わたしも困ります」

「なぜ心花が困るんだい？」

「男性のハウスキーパーさんが大地さんを好きにならないとは限りません」

「………」

彼は黙してじっと心花を見つめてくる。

——心の狭い女だと思われたかもしれない。

だが、鎌倉大地という人物は、老若男女の別なしに憧れを抱く相手なのだ。温厚で上品で声がやわらかく、笑顔が優しい。笑いじわのひとつすらいとおしくなる、そんな人。

「ずいぶんと過大評価されたもんだ」

「します。わたしの大事な人ですから」

「ありがとうよ、心花」

ティーカップを持ち上げて、彼が目を細める。薄く刻まれた目尻のしわが、やはり今夜も魅力的だった。

「ところで、さっきは何を考えていたのか聞いてもいいですか？」

「ああ、心花のご両親のことだ。昔のことを思い出してね」

心花が生まれるより前の父と母の話を、大地が教えてくれる。

ヤクザと女性警察官。

——わたしはお母さんからは、公務員としか聞いていなかった。

母が実は元警察官というのも、以前に大地から聞いて知った。そう考えると、母はああ見えて秘密主義だったのだろう。心花に嘘をついていたというのではなく、言わないこと、言えないことがたくさんあったに違いない。

——もし、もっと長生きしていたらいつかは昔の話をしてくれたのかな。

たとえば、母が生きていたら大地と結婚した心花を見てなんと言っただろう。若き日の知り合いが、自分の娘と結婚しただなんて、大笑いしたのではないだろうか。

「なんだか楽しそうじゃないか。ひとりで妄想していないで、私にも話しておくれ」

「あっ、いえ、あの」

「なんだい？」

テーブルに肘をついた大地が、耐熱ガラスのティーカップをソーサーに戻す。

「母が生きていたら、大地さんと結婚したわたしを見てなんて言うかなって考えてたんです」

「雪さんが生きていたら……」

大地もまた、同じことを想像しているようだった。

そして、彼がひたいに手を当てる。

「私はきっと、結婚のあいさつに行った時点で怒鳴られるだろうねえ」

困ったと言いたげに、けれどどこか楽しそうな声で彼が言う。

「えっ、怒鳴りますかね？」

「怒鳴られて、文句を言われて、最後にお祝いの言葉をくれる。雪さんには、そんな印象があるよ」

だが、言われてみればそのとおり。

母は清楚な外見とは裏腹に、気の強いところがあった。明るく楽しい人だが、譲れないところは絶対に譲らない。

「母に、大地さんと結婚して幸せになったわたしを見てもらいたかったです」

「どこかで見ているかもしれない。あの世に行ったとき、雪さんと但馬さんに怒られないよう、私は心花さんを大切にしていかなきゃいけないねえ」

冗談めかした彼の言葉が、胸にくすぐったい。

「きっと『鎌倉クン』って呼ばれますね」

「ああ、それはそうだろうねえ」

亡き母は、大地を『鎌倉クン』と呼んでいた――というのも、のちに大地から聞いた話である。

八王子市《はちおうじし》にある小さなスナックを切り盛りしていた母だったが、常連客のこともよく『クン』付けで呼んでいたので、母にとって親しい男性への愛情を込めた呼び方だったのだろう。母より大地のほうが年上なのだが『鎌倉クン』と呼ぶ母の姿は想像に易い。

「心花は、父親に会いたかったとは思わんのかい?」

「終わった話です」

大地がその点について、心花に罪悪感を持っているのは知っていた。

心花が大地の家でハウスキーパーを始めたとき、実父はまだ生きていたのである。ただし、そのころにはすでに病を患い、自由に外出できる状態ではなかったと聞く。

——もともと、妻子のある人なのだから会えないのは当たり前だった。

それを大地が気に病む必要はないのだ。心花からすれば彼に非はない。心花でなくとも、大地を非難する人はいないのではないだろうか。

そう伝えると、彼はわかりやすく苦笑する。

「あなたは優しすぎるんだよ、心花」

「え……？」

心花にとっては大地が優しすぎるのだが、なぜ今の流れで自分が優しいことになるのだ。

かつて、大地を捜すために調査会社に依頼に行ったとき、わざわざ彼はハウスキーパー募集の広告を作って心花の手にわたるよう手配してくれた。その後、住み込みで雇ってくれて、人と一緒に食事する喜びを与えてくれた。誰かに食事を作って、おいしいと言ってもらえる幸せも大地が教えてくれた。

父の代わりもしてくれたし、ほんとうの父の遺言書開封の場にも連れていってくれた。

そして、今。

結婚し、夫婦となる喜びも教えてくれたこの人に、これ以上いったい何を望むというのか。

「実の父に会いたくなかったとは言いませんが、実際にわたしからするとまったく知らない人です。感謝の思いこそあれ、会えなかったことを嘆く気持ちもないんです。親不孝でしょうか」

「いいや、あなたの気持ちはあなただけの自由だ。ただ、周りの大人が心花の知らないところで物事を勝手に動かしていいという理由にはならないってことは覚えておきなさい」

「え……」

真剣な言葉だったというのに、つい笑いそうになる。

口を手で覆って、かろうじて声をあげるのをこらえた。

「心花？」

「だ、だって、周りの大人って……。大地さん、わたしはもう二十二歳ですよ？」

心花自身が大人なのに、小さな子どものように扱われたことがおもしろかった。彼から見れば、心花はまだまだ子どもだということかもしれない。

「ああ、そう言われてみればそのとおりだ。いけないねえ、いつまでたってもあなたのことを小さな女の子のように思ってしまうときがある」

「ふふ、知り合ったときですらもう成人していたのに不思議ですね」

飲み終えたカップをトレイに戻し、カラになったティーポットとともにキッチンへ片付ける。量も少ないので、さっさと手洗いをし、洗いカゴに伏せた。

「心花」

ダイニングに戻ったところを、大地が椅子を横向きにして両腕を広げる。

おいで、と優しい声で呼ばれて、彼の腕の中に身を寄せた。

座っている大地と立っている心花だと、彼の頭が胸くらいの高さになる。それがなぜか嬉しくて、心花は大地にこの体勢で抱きしめられるのが好きだ。

――大地さんを抱いてる気分になれるからなのかな。

やわらかな髪を撫で、上半身をかがめて彼の頭を抱きしめる。

「これはぜんぜん小さな女の子なんかじゃないな」

「はい」

「俺の大事な妻ってことはわかった」

大地には三つの口調がある。

ひとつめは、普段のちょっと古めかしい口調。一人称は『私』のときだ。

あの話し方は大地によれば、心花の父である但馬大吾の真似だという。地方の訛りを隠すのに便利だったのと、但馬への憧憬で真似るようになったそうだ。

ふたつめは、古めかしさの抜けた普通の口語。一人称が『俺』になる。

但馬の真似という仮面をはずしたときの大地は、この口調なのだろう。だが、人前ではあまり使わない。心花といるとき――しかも、愛情の行為に及ぶときによく聞く。

そして、もっともレアなのが博多弁《はかた》である。

大地の元舎弟である獅王や櫻井は、大地の博多弁を聞くととても喜ぶ。櫻井に至っては、タイミングよく博多弁の大地の声を録音し、スマホの着信音に使うほどだ。

寝起きや、怒っているときにごくまれに聞くことができる。

心花を抱きしめたまま、大地が椅子から立ち上がった。一瞬体が浮き上がり、ヒヤッとする。しかし、心花の体はそのままダイニングテーブルの上に仰向けに下ろされた。

「あ、あの、大地さ……」

「俺は今でも後悔してる。おまえが父親に会えるよう手を回せたのは、俺しかいなかったのにな」

テーブルのふちに膝が当たっている。左右の膝頭の間には、大地の左腿が割り込んでいた。

「わたしは……大地さんがいてくれたら幸せなんです。あなたがいてくれるなら、それだけでいい。ほかに何もいりません」

天井の照明を受けて、後光がさした状態で大地が片頬に笑みを浮かべる。

「かわいいこと言うじゃねえか」

ガウンの前を開かれて、彼が覆いかぶさってきた。

首筋に軽く歯を立てられ、心花は身をすくめる。

「待っ……ここで、ですか?」

家の中ならどこだろうと、誰かに見られる心配はない。それにこの時間だ。ふたりきりのダイニングで何をしたって咎められるわけではないのに、もとからまじめな心花は妙に焦ってしまう。

「その恥じらう顔がたまらないってわかってるか?」

艶冶《えんや》な笑みを浮かべ、大地が髪をかき分ける。

年齢はひたいや首に出るというが、彼からはまったくそれを感じない。話し方も服装も態度も、何ひとつ若作りしていないのに年齢不詳の男。

心花が男性の年齢に疎いことを抜きにしても、前髪を上げたときにつるりとすべらかなひたいを持つ四十七歳はそうそういない気がする。

「心花にとって、ダイニングテーブルは聖域だろう」

「聖域、というほどでは……」

「みんなを迎えて、食事を振る舞う。少なくとも俺とは毎日ここで食事をする」

それはそのとおりだ。

テーブルは家族の象徴だと思っていた時期があった。大地のマンションに住んでからは、人の集まる場所。血がつながっていなくても、みんなで食事をすれば家族のような存在になると学んだ。いわゆる同じ釜の飯を食うというのは、こういうことなのだろう。

「明日からは、食事するたびにここで俺に抱かれたことを思い出せよ」

「っっ……！」

耳元で聞こえた大地の声に、一瞬で顔が熱くなった。

――それは……ほんとうにそうなりそうで困る！

ふたりで食事をするときならまだしも、櫻井やタクト、ほかの大地の知り合いの若い衆が集まる中で、自分は思い出さずにいられるだろうか。

「あの、大地さん、ベッドに……」

「もう遅い」

腕から抜かれたガウンが、敷物代わりにテーブルの上に広がっている。パジャマのボタンをはずされて、素肌がかすかな冷気に粟立つ。

「心花も期待してるんだな」

仰向けのゆるやかな丘陵に、ぽちりとふたつの突起が輪郭をあらわにした。

彼に愛される予感から、体が早くも反応している。薄く笑みを浮かべた大地の唇が、左胸の先端にかすめるだけのキスをすると、テーブルの上の腰が意識と関係なく跳ねた。

「っっ……、ぁ、やだ……」

──まだ何もされていないのに、こんなに感じちゃうだなんて。

下腹部《ここ》に熱が凝っていく。全身から集まる甘やかな期待が、蜜となって心花を潤しはじめていた。

「恥ずかしがることはない。おまえの体は俺が仕込んだ。何も知らなかった体に男を教えてやったんだ。そうだろう」

「違います、わたしは……」

彼の言いたいことはわかるけれど、うなずくことはできなかった。

両手で大地のガウンの前身頃をつかむ。

上半身を少し浮かせて、顔を近づけた。色素の薄い大地の瞳いっぱいに、心花が映り込んでいる。ということは、今、自分の瞳は大地を映し出しているのだろう。この瞬間、瞳の中に彼を捕らえている。閉じ込めている。

「わたしは、男の人を教えてもらったんじゃありません。鎌倉大地の女になっただけです」

消え入りそうな声だが、震えることはない。

小さくはっきりと言い切った心花に、大地が半笑いでキスをひとつ。

「不思議なもんだ」

「不思議、ですか?」

「ああ。おまえは父親を知らずに育ったのに、父親みたいな啖呵を切る。それとも、母親がそう育てたのか。もともとの気質なのか」

自分ではわからないけれど、今のは啖呵なのだろうか。

――わたしはただ、ほかの男の人なんて知らないし、大地さんの愛し方を教えてもらったって言いたかったんだけど……

「どっちにしても、いい気分だ」

彼が少々乱暴に自分の着ていたガウンとパジャマの上を脱ぎ捨てた。

「自分から、俺の女だと名乗る妻を組み敷くのは悪くない」

「ん、ぁ……っ……」

両手で乳房を揉みしだかれ、耳の下にキスされる。淫らな舌先と、優しいのに焦れったい指先。感じやすい先端を避けた指の動きに息が上がる。

触れられていない分、ますます敏感になる先端が、括《くび》り出されたように天井を指し示した。

「や……、さわって、大地さん……っ」

「どこを?」

鎖骨に唇をつけたまま、彼が問う。発音するときの唇の動きに、またしても感度が上がった。彼の一挙手一投足に反応してしまう。馴染んだ大地の肌を、全身が覚えているのだ。

「自分で指差して教えて。どこにさわってほしい？」

「は……ぁ、あ、ここ、に……」

彼の手が裾野から乳房を押し上げている。その中心でツンと芯を通した部分。心花は人差し指で左右の先端を指した。すると──

「ひ、あぁッ……！」

右胸の先端を、大地が指ごと頰張った。

ねっとりと濡れた粘膜に包まれ、求めていた快楽に目の前がチカチカする。脳天まで届く悦びに、全身が甘く崩れてしまいそうだ。

「ぁあ、あ、そこ……っ、気持ち、ぃ……ッ」

人差し指の爪の際を、舌が舐《ねぶ》る。唇がすぼめられ、乳首をきゅうっと引き絞られる。

彼の口腔に覆われて、気づけば自分の指で自分の感じやすい部分を弄《いじ》っていた。普段ならとてもできない行為に、羞恥心が煽られる。

ちゅぽんと音を立てて彼の唇が離れていく。

唾液に濡れた指先は、まだ乳首に触れたままだ。屹立した部分を捏ねて、先端を撫でる。

それでも足りない。大地に愛されるときの悦びにくらべて、あまりに物足りない。

「自分でいじってみせるだなんて、心花はずいぶんいやらしく育ったんだな」

「だって、大地さんが……」

「俺が悪いのか？」

彼の言葉に、心花は涙目で首を横に振った。

「わ、わたしが、大地さんを好きなせいで感じちゃうんです。ほしくなっちゃう、いっぱい、感じさせてほしくて……」

言い終わる前に、大地は左胸を舌であやしはじめる。

敏感な頂点を舌先でくいっと押し込まれ、心花はのどを反らした。声にならない嬌声を奥歯で噛みしめる。

「だったらいっぱい感じさせてやるのは夫の仕事だ」

パジャマと下着が一緒に引き下ろされていく。蜜口から透明な糸が引いた。含羞に脚を閉じたいが、大地がそうはさせない。

「なんだ、もう濡れてるのか」

「み、ないで……っ」

彼の手が柔肉を亀裂に沿って包み込む。閉じ合わせた内側は、しとどに濡れているのが自分でもわかっていた。そこに、にちゅっと音を立てて中指と薬指が割り込む。

「っっ……！　ひ、ぅ……ッ」

――一気に二本も、指が……！

手のひらを上に向け、大地の指が心花の中をしっかりと捕らえていた。指腹は天井に当たり、内部の起伏をさすりはじめる。

「待ってたと言いたげな締めつけだな」

「はぁ、ああ、や、んっ」

彼によって仕込まれた体だ。感じやすいところは、完全に把握されている。

浅瀬の上部を重点的にこすられて、心花は熱い息を吐いた。

ちゅぐちゅぐと媚蜜を撹拌する音が、体の内外から聞こえてくる。ときおり、根元まで指を押し込まれると、テーブルの上で腰が浮いた。

「ハハ……ッ、感じてるのが丸わかりだ」

「だい、ちさ……、あ、アッ……ん!」

ガウンを敷いているとはいえ、臀部に伝っていく蜜がテーブルを汚すのではないかと気がかりでたまらない。食事をする場所を、しかも大地の座る席を汚している。

最初はとろりとあふれ出てきていた蜜が、指の動きに合わせて飛び散っていく。細かな粒が彼の指に導き出され、いつしかガウンはあちこち冷たく濡れていく。

「や……、お願い、ここじゃ……」

「食事をする場所で、心花を食べる。何もおかしくないよな」

「わたし、食べ物じゃない、から……っ」

「ほう?」

意地悪な笑みを浮かべ、大地が唇を重ねてきた。舌と舌が自然と互いを求めて絡み合う。隘路を抉る指の動きが速まった。

「んぅ……ッ、ん、ぁ、あッ」

「このおいしいキスは食べ物じゃないんだな？」

「ち、がっ……っん、んん」

「じゃあ、この唇は？」

「ゃ……っ、んぁ、あ……ッ」

下唇を食まれて、腰骨に電流にも似た疼きが走る。

すでに彼の手の動きは、性交そのものと同じくらい激しくなっていた。ずっちゅずっちゅとはしたない蜜音を鳴らし、大地の指を咥え込む体。刺激を受けていないのに、花芽がぷっくりと膨らんでいる。指の抽挿でときおり手のひらが触れると、全身が痺れるほどの快感が駆け巡った。

「は……ッ……、あ、あっ、もぉ……っ」

「もうやめるか？」

イキそうなのを知っていて、大地が目を細める。こういうときの彼は、少しだけ意地が悪い。心花がほしがるのを言葉で何度でも聞きたがる。

「やめ……ないで……っ」

「へえ？　じゃあ、もっとほしい？」

「ほしっ……い、もっと、もっと……」

喘ぐ唇にちゅっと音を立てたキスで別れを告げて、彼は上半身を起こす。

中に埋め込まれた指の角度が変わり、心花はそれだけで達してしまいそうになった。きゅう、と蜜路が狭まる。

次の瞬間、動きの止まった指に代わり、大地の唇が花芽を覆った。

「ひ、ぁ、ア、っ……！」

欲していた快楽を得て、腰がガクガクと縦に揺れる。自分から彼の舌に秘所を押しつける格好だ。

――ああ、ダメ。気持ちよくて、我慢できない……！

「ほしがりな心花を満たしてやらないといけないいな」

クッと笑って、彼が舌舐めずりをする。その赤い舌は、ひどく淫靡に見えた。

「や、もうイク、イッちゃうから」

「それは、焦らしてほしいっておねだりか」

「～～～っっ、やだ、イカせて、大地さん、イカせてください……っ」

テーブルに肘をつき、上半身をわずかに起こす。

この体勢だと、大地が何をしているのかがはっきり見えるのだ。

──見たい。

偶然ではなく、心花は自分がされていることを見たくて体を起こしたのである。彼に愛される姿を見ることで、いっそう快楽が強まる。

「なんだ、自分が何をされてるのか見たいのか？」

大地はすべてお見通しという顔で舌を突き出した。力を入れた舌先が、グリッと花芽を転がす。

「ア！　ぁ、ああ、あッ……」

表面張力でグラスより上に盛り上がっていた水に、最後の一滴を落とされた。

心花の全身に張り巡らされていた快楽の糸が、ピンと弾かれる瞬間。

彼の舌先で収束した快感が爆ぜ、四肢がきつくこわばる。つま先は指を折り、顎が天井を向くほど体が反り返った。下腹部からまっすぐに脳天へ向かって佚楽が突き抜け、唇から泣き声に似た嬌声が漏れる。

びく、びくっとこめかみの血管が痙攣した。

何かを探すようにテーブルの上をうごめいた指が、しどけなくガウンの上に落ちる。

それでもなお、隘路は大地の指を食い締めたままだ。

「──は……っ、ぁ、すごい……」

一度は起こした上半身を、今は力なくガウンの上に横たえて、心花は天井を仰ぐ。視界は薄くにじみ、照明が揺らいで見えた。

「イキやすい、いい体になったな」

「大地さんにだけ、です」

「それでいい。俺だけの女だろう？」

ぬぽん、と栓を抜くには少々淫猥な音がして、彼の指が体から抜き取られる。

「っっ……！」

刹那、生まれた空洞が何かを締めつけたいとばかりに疼く。入り口が開閉し、とろとろと蜜をあふれさせている。ガウンはきっと、シミだらけだ。

右手の甲でひたいにうっすらと浮かんだ汗を拭う。目元に自分の腕の影が落ちてきた。それに重なるように、もっと大きな影が心花を覆う。

「だ……いち、さん……？」

「そんなイイ顔見せられたら、こっちも我慢の限界だ」

達したばかりの蜜口に、太い亀頭が押しつけられた。

「待っ……、あ、ダメ、まだ……っ」

「心花」

右手で楔の根元をつかみ、彼がぐっと腰を入れる。濡れに濡れた体は、いともたやすく劣情を咥え込んだ。

「ぁあ、あっ」

「駄目だなんて言いながら、ずいぶん簡単に俺を受け入れる。奥まで来てって誘ってるぞ」

「ち、がう、わたし、あ、ああ、や……ンっ」

だが、彼の言うとおりだ。

心花の体は大地を欲して、奥へ奥へと誘い込む動きで収斂する。

指では届かなかった最奥が、痛いくらいに感じていた。鈍くひりつく欲求の痛み。これを癒やすには、大地の熱を打ち込んでもらうしかない。

「ほら、見てみろ」

彼は右手で心花の後頭部を支え、ふたりのつながる部分に視線を向けさせた。

自分の体に、大地の昂ぶるものが呑み込まれていく。ふたりの腰と腰が密着すると、今度はゆっくりと引き抜かれる。一度隘路をくぐったせいで、雄槍はぬらぬらと淫らな光沢を放っていた。

「ひぅ……っ……、ああ、あ、大地さん、の……」

「見えるだろう? おまえが俺のをおいしそうに呑み込んでいく」

もう一度、心花に見せつける素振りで彼が緩慢に腰を動かす。

心花の蜜口から、脈打つものが生えているようにも見える、その動き。

「あああ、ァ、やぁ、んん……！」

先ほどまで攪拌されていた蜜が、隘路いっぱいに杭を打ち込まれるせいでびしゃびしゃとあふれてくる。

「最初のころは奥まで突くだけでつらそうにしていたのにな。こんなにいやらしく育つとは」

——そんなの、大地さんのせいなのに。

彼しか知らない体は、彼が育てた体だ。

大地の好みに作り変えられていく。心も体も、快感さえも。

「癖もちゃんとついたか？」

「ああ、ぁ、ついて、ます……っ」

「だったら、連続してイクところを見せてごらん」

ゆるやかに抜き取られた劣情が、力強く叩き込まれる。

「ひ……ッ、うぅっ」

何かにしがみついてでもいなければ、自分の中の大きな快楽の渦に呑み込まれてしまう。

心花は目の前の逞しい体に抱きついた。濁流の中で必死にすがるように、大地の背中に爪を立てる。

左腕の鬼子母神が、汗でわずかに湿っていた。

「あ、あ、あァッ……！」

子宮口にスタッカートを刻まれる。

均一に見せかけて、急に奥を連続してノックしてくる大地の動きに、心花の全身が追いすがった。かと思えば、浅瀬を短く抽挿し、突然内臓ごと最奥を貫く。彼の動きは予測できない。

「大地さん、中、ああ、ァ、いい……っ、気持ちい……ッ」

ずっちゅずっちゅと蜜音で鼓膜を感じさせながら、彼はひくつく蜜口を何度も何度も攻め立ててくる。

「何をお願いしてるんだ？」

「やぁ……っ、気持ちいいの、お願い、お願い……」

「っっ……かせ、て、イカせてぇ……」

硬い胸筋が胸の先にこすれる。ひどく敏感になった乳首が、彼の肌にかすめてじんじんと切ない。

「こんなに締めつけて、イキたくて仕方ないんだな、心花」

「うっ、あ、あっ、やあぁ、ダメ、ダメぇ、イクぅ……っ」

たまらない喜悦に、自分から腰を振っていた。

彼をもっと感じたくて、本能的に体が求める。感じやすい部分を押しつけ、彼のものを搾り取ろうと蠕動する粘膜。

「あああ、ァ、あ、イク、イク、うう……っ」

きゅ、と蜜口が彼の根元を締めつけた。

そこから奥へ向けて粘膜が打ち震える。

「――っっ……ぁ、あ、ああッ」

果てにたどり着いた心花は、浅い呼吸で甘く喘ぐ。

けれど、大地はそんな心花を見下ろして艶《あで》やかに笑《え》まう。

「気ぃ抜くのは早いんじゃないか？」

「え、あ……」

「言ったよな。癖ついたか確認する」

くたりとテーブルの上にしなだれた両腕を、彼がつかんだ。手首をふたりのつながるところまで引っ張る。二の腕で乳房が強調された。

「まだだ。もっと心花を抱くから、何度でもイク顔を見せろよ」

「は……っ……、待っ……少し、休ませ……あ、アッ!?」

どちゅん、と彼のものが子宮口を抉る。

――ダメ、おかしくなっちゃう。壊れちゃう……！

抗う心と、彼に穿たれて悦ぶ体。

「ああ、ァ、大地さ……っ」

「まだまだ、夜は長い」

大地は両腕を拘束したまま、胸の先端にしゃぶりつく。唾液をたっぷりとまぶされ、乳暈ごと吸い上げられると、彼を食い締める蜜路がわなないた。

「やああ、胸と中、同時にしちゃダメぇ……ッ」

乳首を弄《いじ》られながら突かれると、今にも達してしまいそうになる。

「ひぅう、や、ああ、あ、死んじゃう、こんな……」

弱音をあげると、大地が胸の先を吸いながら引っ張った。

「ひあぁッ」

反射的に蜜口が締まる。その狭まった隘路を大地が突き上げる。

——嘘、こんな、またすぐ……！

ガクガクと腰が震え、快楽に涙がにじんだ。

「イッ……く、イク、ああ、イッてる、の……っ」

「イッてる最中の心花の中は格別だ。ああ、すごい締めつけだよ、心花」

「待っ……、動かないで、や、ああ、アッ」

「駄目だ」

逃げたくとも、両手首をつかまれて楔を穿たれているのでは体を捩るくらいしかできることはない。腰を突き上げられるたび、乳房がはしたなく揺れる。

これまでよりいっそう激しい律動に、心花は長い髪を乱して喘いだ。

「そろそろ、俺も心花の中でイカせてもらおうか」

「う、うう、ぁ、あッ、大地さ……」

「舌出してごらん。キスしながらイこう」

「ひゃ、んっ……」

全身でつながって。

もう何もわからなくなってしまう。

狂おしいほどの快楽で、視界が塗りつぶされていく。

自分を満たす男の劣情が、愛しかった。

「ん、ん、んんっ……」

首筋を這い上がる絶頂の粟立ちに、心花は蜜口をわななかせた。

「ああ、心花……、出る、中に出す、ぞ……!」

「イク、もぉダメぇ、イッてる、イッ……ああ、あっ、あ、あ……」

思考を奪う打擲音の果てに、ひときわ強く奥を抉った亀頭がぶるりと震える。水を汲み上げたポンプのように、彼の雄槍が脈動した。

「――っっ……、ぁ、出て、る……っ」

押しつけられた子宮口に、白濁がびゅくびゅくと注がれているのがわかった。

――わたしの中に、大地さんのがいっぱい……

「ハ……、搾り取られる……」

最後の一滴まですべてを吐き出そうというのか。大地は吐精の最中も、腰を止めることはなかった。

† † †

ことが終わると、心花は恥ずかしそうにガウンを引っつかんだ。床に散らばるパジャマを集めて、ぱたぱたとバスルームへ駆け込む。

とはいえ彼女のことだから、この時間からシャワーを浴びるわけでもないだろう。

――まったく、慣れてきたように見えてもまだまだだな。

不慣れな妻の愛しさに、大地は上半身裸の上からガウンを羽織る。

さっきまで遠く感じた睡魔が、今はうなじのあたりに漂っていた。

「せめて、心花が戻るまで待つとするか」

ひとりごちてリビングのソファに身を沈める。性欲を発散したら眠くなるだなんて、自分もずいぶん健康なものだ。それとも若くないから、終わると眠くなるのか。

「……大地さん」

戻ってきた心花は、パジャマをきっちり着込んでいる。

「片付けが大変だったかい？　テーブルは拭いておいた。ああ、心花がよく使っているセスキの消毒スプレーも使って――」

「そっ、その話はもういいです。恥ずかしいから許してください！」

いつも落ち着いている彼女らしくない動きで、心花が駆け寄ってきた。こういうところもかわいい。ある意味では、普段が落ち着きすぎているのだ。まだ二十二歳の彼女は、多少慌ただしいくらいが年齢相応というもの。

――年齢相応、か。

考えてみると、彼女の年齢を考慮して行き先を選んだことはあまりない。

大地はそもそも若い女性の好む店も遊びも知らなかった。

周囲にいるのは、若い男と同年代の男と年上の男ばかりである。

それでも組に所属していたころは、夜の商売の女たちとも顔見知りだった。彼女たちと心花では服装やメイク、話題からしてまったく違う。

「心花は、私と住む以前はどういうところで遊んでいたんだい？」

目の前に立つ妻が、目を丸くした。

――この程度の質問で驚かれるだなんて、俺はそんなに心花に興味がないように見えるのか？

「高校を卒業してからは働いていたので、遊びに行くことはなかったです」

彼女が言葉を選んで答えた。

悲しいのは、言葉を選んだ結果、あまりに同年代の女性たちと違う生活をしていたのが浮き彫りになったことだ。

心花にとっては、学生時代までが遊ぶ時間のある生活ということなのかもしれない。あるいは、遊びに行くのではなく家でのんびりする時間が大切だったという可能性もある。人によっては家で読書をしたり、配信動画を見たり、音楽を聞いたり、お菓子作りをしたりという遊びもあるだろう。

——なんにせよ、うちに来る以前からこの子は外に遊びに行くことがほとんどなかったということだ。

住み込みのハウスキーパーなんてやっているせいで、遊びに出かけないのかと思っていたがそうではなかった。

少なくとも自分のせいで心花がどこにも遊びに行けないのではない——ということはわかったが、それを喜ぶほど大地は単純ではない。

「あっ、友だちがいないわけじゃないですよ？　高校のころは、休みに遊びに行くこともありました。買い物とか、図書館とか……」

大地の沈黙に慌てたのか、心花が言葉を付け足す。

たしかに図書館は心花らしい。学生時代からまじめだったのだろう。

「図書館か。私には縁遠い場所だねえ。心花はどんな本が好きだね？」

「お料理の本をよく読んでました。レシピ本です」

「ほう」

それは娯楽なのか。

「あとは海外の写真集も好きでした。国内の旅行ガイドは、図書館にあった分、全部読みました」

「国内旅行か。なるほど、あなたは旅行にも興味があるということかい」

「えーと、想像するのが楽しいのかもしれません。たとえば、子どものころに遊園地に行ったことはあるんですけど、わたし、背が低かったからジェットコースターに乗れなかったんです。あれって、身長制限があるんですよ」

大地は遊園地に詳しくないが、少なくとも身長制限に引っかかるということはかなり幼いころだったと予想できる。

つまり、ジェットコースターに乗れる身長に達したあと、心花は遊園地に行っていないのだ。

「でも、家族向けの旅行ガイドって行楽地情報も載ってるから、遊園地とかテーマパークとか水族館とか、そういうところの記事を読んで想像するのが楽しいんです」

「それはそうかもしれないねえ」

自分自身、あまり恵まれた環境で育ったと言いにくい。

心花には愛情を注いでくれる母親がいたが、いかんせん仕事が忙しくてふたりで行楽に出かけることはあまりなかったのだろう。

「だったら、いつか子どもが生まれたら連れていってやりたい場所もあるんだろう。そのときには、心花に案を練ってもらうとしようか」

「っっ……は、はい」

先ほどまで子作りという名の愛の行為に没頭していたことを思い出したらしく、心花の頬がぽっと赤く染まる。ほんとうに、いつまで経っても初々しい妻だ。

「さて、それじゃもう一度ベッドに戻るとしようか。あなたの睡眠時間を削ってしまって申し訳なかったね」

「そんなことありません。わたしも……嬉しかったので」

ソファから立ち上がった大地のガウンをそっとつかみ、心花がうつむきがちに言った。

——そういうかわいいことを言われると、ベッドでもう一度と言いたくなって困る。

「でも、人間寝ないとダメですよね。健康のためにも、そろそろ休みましょう」

顔を上げて、彼女が微笑む。

なるほど、健康のためというのならやむを得ない。

何ごとも、過ぎたるは及ばざるが如しという。

愛しすぎるのも健康を害するのか。愛情を体でばかり表現しようとするのが悪いのか。

諸々の考えを呑み込み、大地も彼女に倣って笑みを浮かべた。

「ああ、そうするとしよう。おいで、心花」

さて、愛する妻のために自分ができることは、ほかに何があるだろうか。

† † †

日に日に気温が下がり、朝起きると窓ガラスに結露ができる季節がやってきた。

子どものころは、秋から冬への移り変わりがもう少し緩やかだったような気がする。ここ数年は、夏が長くて秋が一瞬で過ぎ去っていくようだ。

——空が白い。もうすっかり冬の空だなあ。

キッチンの小さい窓から空を見上げて、心花は小さくため息をついた。

「心花ちゃん、どうしたの？」

「えっ、あ、ごめんね。ぼうっとしてた」

心配そうな声に、はっと我に返る。

今日は、海棠未亜が遊びに来ているのだ。

「ぼうっとしてたっていうか、何か悩みごとがありそうな顔だったけど」

未亜は小柄で年齢よりも幼く見える。同い年だが、彼女といると自分は地味だなあと痛感する。

「悩みごとってほどじゃないの。もう冬だなって……」

ふたりで並んで立つキッチンに、魚介とガーリックとオリーブオイルが香り立っていた。

未亜は、たまに料理を一緒に作る友人である。彼女にすれば、心花に料理を教えてもらっているというのだが、心花は教えているというより友だちと遊んでいる感覚だ。

今日のメニューはアクアパッツァ。未亜が「竜児に洋風の魚料理を作りたい！」と言い出したのがきっかけだった。

海棠竜児、未亜夫妻は大地にとって大切なふたりである。

竜児は元は大地の弟分、その竜児が十七年間、養親として面倒を見てきたのが未亜だ。

二十五歳で四歳の未亜を引き取ったというのだから、彼の懐の深さには感動する。

大地は未亜を「お嬢ちゃん」と呼び、かわいがってきた。彼にとってもまた、親戚の娘のような存在だったのだろう。

その竜児と未亜は昨年結婚した。心花がまだ大地に想いを明かせないころから、海棠夫妻は大地のマンションに遊びに来て顔を合わせていた。

「ねえ、心花ちゃん」

「うん？」

「この間、鎌倉のおじさんから電話をもらったの」

今日、大地は外出している。けれど未亜は声をひそめた。

「若い女性が行きたい場所を教えてほしい、って」

「行きたい場所……？」

その会話で、大地が若い女性と浮気をしているとはさすがに心花も考えない。彼は、自分を喜ばせるために未亜に相談したのだと思う。

――そういえば先日、行楽地の話をしたからその流れなのかな。

遊園地、動物園、水族館、テーマパーク。

心花が幼いころ、母は休みになると積極的にそういう場所へ連れていってくれた。幼稚園から小学二年生ごろまで、月に一度は遠出をしたように覚えている。

あれはたしか、小学校二年生の夏休み。

母は季節はずれの風邪をひき、一週間近く店を休んだ。

夏休みだというのにどこにも連れていってあげられなくてごめんね、と謝る母に、

『お母さん、心花はどこにもいかなくていいの。お母さんが元気なほうがいいの。無理にお出かけしないで、お休みの日はいっしょにおうちにいて』

そう言って泣いた。蟬の声がうるさくて、それに負けないよう声を張りあげたのを今でも覚えている。

母は「心花は優しいね」と困ったように笑っていた。

だが、自分はほんとうに優しかったのだろうか。母を大切にできていたのだろうか。

生きるということは死ぬことだ。死ぬということは、愛する人を残していくことにほかならない。

冬の日に逝った母を思うと、少しだけ首筋が冷たくなる。

――お母さんは、お母さんらしくしようとしてわたしをいろんなところに連れていってくれてたのに、断ってごめんね。

もっと一緒に外出すればよかった。もっともっといろんなところへ行けばよかった。

就職したあと、無理を言ってでも仕事を休んでもらって旅行に連れていけばよかった。

後悔は尽きない。相手が亡くなっているならなおさらだ。もうこの先、母と新しい思い出を作ることはできないのだから。

「未亜ちゃん」

「なあに？」

「あの、よかったら教えてほしいんだけど」

「えっ、なんでも答えるよ。聞いて聞いて！」

「年上の男の人は、どんなところに出かけると楽しいのかな」

「……うーん、待って、考える」

生きている。

だから、一緒にどこかへ出かけることができる。彼の行きたいところに一緒に行くことができるのだ。

「心花ちゃん、それはね」

「うん」

「わたし、鎌倉のおじさんにも言ったんだけど、同じことを言うね？」

エプロン姿の未亜が、心花の両肩に手を置いた。

彼女はにっこり笑って首を傾げる。

「一緒に行きたい相手に直接聞きやがれ」

「………………！」

「ってことですよ。もう、もうもう、ふたりともオー・ヘンリーの『賢者の贈り物』みたいなことしようとするのやめてね？　プレゼントしたい相手に、ちゃんと確認とってから買おうね？　行きたいとこなんて、年齢でくれないんだから！」

「は、はい……！」

アクアパッツァは、おいしくできあがりそうだ。

今夜の食事の席で尋ねてみようか。彼の行きたい場所を。

† † †

話し合いが重要だとわかっていても、人はときに愚かな行動をとる。

特に今夜は、想像以上にアクアパッツァがおいしくできてしまった。その結果、食事の最中話すことをすっかり忘れて食べすぎ、入浴後にはふたりとも胃薬を飲んでベッドに入った。

ここで、ぐっすり眠って翌朝――となればよかったのだが。

いたしてしまった。いたしまくってしまったのだ。午前二時まで、二ラウンドの全力試合。勝敗を決することはなかったが、喘ぎすぎて声がかすれた心花の負けにも思える。勝ち負けはこの際、どうでもいい。

話し合いの余裕もなく眠りにつき、起きれば翌朝である。

朝食を終えた大地が仕事で外出するのを見送ってから、心花は何も話し合いをしていないことに気がついた。

セックスしている暇があるなら、週末をどう過ごすか話す時間もあるものを。

――うう、わたしのばか。大地さんのばかぁ……

だが、一度タイミングを逃すとなかなか次のチャンスが巡ってこないというのもよくあることで、結局心花は週末までに「大地さん、行きたいところはありますか？」のひと言が言えなかった。付け加えるなら、その間《かん》も毎晩体の交流は完璧に行われていた。

土曜日、当日に外出の相談をするのも悪くないと思って起きた心花は、自分の甘さに頭を抱えた。

「おはよう、心花」

「大地さん……!?　あの、その格好は……」

年上の夫は、土曜日の朝から若い衆を連れ込んでキッチンで陣頭指揮をとっている。

「おはようございます、心花ちゃん」

「っちょ、櫻井さん、姐さんって呼ばないんすか？」

「タク、心花ちゃんは姐さんじゃないって前も教えただろ」

「おまえさんたち、口じゃなく手を動かしなさい、手を」

いつも心花の作る夕飯を食べに来ていた男性陣が、今日は袖まくりにエプロン姿で所狭しとキッチンに立っていた。まったく、事情がわからない。

——お出かけの相談をするわけにはいかないってことだなあ。

状況は判断できずとも、それだけは間違いなさそうだ。

ところで普段、料理をしそうな雰囲気のない彼らだが、思ったよりも手際のいい者もいる。

卵焼きを焼いている獅王は、手つきからすると家で料理をしていてもおかしくない。大小様々な形のおにぎりを作るタクトは、料理慣れしていないが可能性を感じさせる。そして、櫻井は――

「あの、櫻井さん……？」

「どしたの、心花ちゃん」

「櫻井さんこそ、どうしたんですか？」

彼は緑色のねっとりしたものをゴムベラで練っている。

かすかに酢の香りがしていた。しかし、何を作っているのかさっぱりわからない。

「どうしたって、え？　これのこと？」

「はい、そうです」

「あー、これはね、ぬただよ」

――ぬた？

名前を言われてもピンとこない。心花の知る饅《ぬた》は、ネギと海産物を酢味噌で和えたものだ。

「知らない？　高知《こうち》県の調味料だよ。お刺身にかけるとおいしいんだよねー」

「お刺身……。じゃあ、その緑色は」

わさびですか、と尋ねるより先に櫻井がニッと笑いかけてくる。

「もちろん、にんにくの葉だよー」

どこから『もちろん』なのかわからないが、わさびではないということがよくわかった。

「にんにくの葉とー、味噌とー、酢とー、砂糖をー、練り練りする！　そうするとー？」

――調味料って言ったよね？　調味料、ボウルいっぱいに作ってどうするの⁉

「櫻井、まじめにやんなさいよ」

「ハイ！　櫻井、まじめにぬた作ります！」

大地に声をかけられた櫻井は、先ほどまでのふざけた調子を封印し、必死にボウルの中身を撹拌する。

「悪いね、心花。しっかり片付けまでやるから心配しなくていい」

「あ、いえ、それはいいんですが、どうしてお料理を？」

「たまには心花に頼らず、食事の準備でもしてみようかと思ったんだがねえ。なかなか思いどおりにはならないもんだ。料理っていうのはどうにもわかりにくい」

なんでもできそうな大地だが、そういえば料理はからきしだと以前に言っていた。あれはたしか、サバの味噌煮を出した日のことだ。

「今日はあなたと遠出でもしようかと思って、弁当を作ってもらっているんだよ。――とはいえ、いささか弁当かどうかあやしい料理もあるようだが」

大地の視線は、もっぱら櫻井に注がれている。

これまでの話からすると、刺身にかけておいしい調味料を作っているらしいが、少なくとも弁当に刺身を持ち歩くとは考えにくい。

「お弁当なら、わたしも手伝いましょうか」

「いいや、気にしないでおくれ。それよりも心花は外出の支度でもしていたらいい。そうだねえ、動きやすい服装で、あったかくするのがいいんじゃないか」

「わかりました。動きやすい服装ですね」

遠出というからには、車で出かけるのかもしれない。どこへ行くのか聞くべきかとも考えたが、大地があえて言わないのなら尋ねるのも野暮だ。

心花はダイニングを離れると、洗面所で歯磨きと洗顔を済ませ、部屋に戻って着替えをした。

黒い細身のサロペットに、渋みがかった赤いロングカーディガン。髪はまとめてすっきりしておき、寒かったときに使うためストールを持つ。動きやすい服装ということは、あまり堅苦しくないほうがいいと判断した。

――大地さんも比較的カジュアルな格好だったから、これなら一緒に歩いてもおかしくない……かな？

姿見の前で自分を確認し、ドタバタしているダイニングに戻る。

すると、大きめの保冷バッグがテーブルの上にどんと鎮座しているではないか。

かご状になった下部と帆布の上部、しっかりとファスナーが閉められていて、中の弁当の様子はわからない。ただし櫻井はやりきった感たっぷりに手の甲でひたいを拭っている。

「あの、お弁当ありがとうございます。皆さん、何時から作りに来てくださってたんですか？」

心花の問いかけに獅王が「気にしないで」と微笑む。それを遮るように、

「オレがおにぎり握ったんっすよ、心花さん！」

「ぬたはオレの力作だからねー」

開始時間を答えないふたりの声が響いた。

「今朝は六時から来てくれていてね。心花の寝ている間に悪かった。うるさくなかったかい？」

疑問をすべて解消してくれる大地の返事に、まったく気づかず眠っていた自分は少しだけ恥ずかしい。そういえば、あまり気にしないようにしていたけれど、寝起きのパジャマ姿もさらしてしまった。

「わたし、ぐっすり眠ってました。誰かの作ってくれたお弁当を食べるなんて久しぶりなので、とっても楽しみです」

これは、心からの本音だ。

母がいたころは、たまに料理をしてくれることもあった。だが、どちらかというと料理は昔から心花の担当だったので、自分で作って自分で食べるのが当たり前になって久しい。いつから人の手作りを食べていないかはっきりしないけれど、少なくとも母が入院して以降はないと思う。

外食を除けば、案外誰かの作ってくれた食事を食べる機会というのは少ない。

――ああ、だから大地さんはみんなを招いて食事をするんだ。

家族との縁が薄い青年たち。彼らの面倒を見るということは、彼らが得られなかった普通の幸せを経験できる環境を整えるという考えなのだろう。

そして今、いつも料理を作る側の心花にも同じように『手作りのお弁当』を準備してくれている。

何が入っているかわからないところまで含めて、今日の昼食が楽しみだ。

「ちなみにこれは、朝食でーす」

先ほどまでいつもどおり何を考えているかわからない笑みを浮かべていた櫻井が、キッチンからトレイに載せた食事を運んできてくれる。

「えっ、すごい！　これ、さっきの……」

「ぬた！」

テーブルに置かれたのは、見るからに新鮮なブリの刺身だ。大皿いっぱいに盛りつけられ、鮮やかな緑色のぬたがかかっている。

――よかった。ぬたはお弁当用じゃなかった。

違うところで安堵しつつ、初めて見る料理に興味津々になる。

いつもなら夕食どきに皆で囲むテーブルに、土曜日の朝から並ぶ面々を見て不思議な気持ちになりつつ、準備してもらった炊きたての白米と豆腐とネギのお味噌汁、そしてたっぷりのブリの刺身に舌鼓を打った。

「櫻井、どこで料理を覚えてきたんだ？」

「えー、どこって家だよ家。うちのミツカちゃんが作ってくれるからさー」

誰かが作ってくれた、温かいごはん。

それだけで胸が熱くなる。

作ってもらったことへの感謝と同時に、いつも自分はこういう喜びを大地に差し出せているのかもしれないと思うと幸せな気持ちがこみ上げた。

与えることは、与えられること。

作る側にだけ立っていると気づけない。大切な気持ちをあらためて教えてもらった。

「それより私は、土曜の朝にどうやって新鮮な刺身を買ってきたのか知りたいもんだね」

「そこは企業秘密ですよ、大地さん！」

「……法はおかしてないよな？」

「レオくん、ぼくを誰だと思っているのだね？」

「おまえは櫻井だろ……」

それは特別な土曜日の始まり。

十二月の初めの、光に満ちた朝だった。


大地の運転する車に乗って、渋谷のマンションを出発する。時刻は午前十時過ぎ。空はよく晴れ、ときどき見知らぬ鳥の群れが飛んでいく。

外苑《がいえん》出入り口から首都高速四号新宿《しんじゅく》線に乗った車は、このままどこまでも走っていけそうな自由を感じさせた。

「天気がいいですね」

「小春空《こはるぞら》も、心花の味方とは心強い」

「こはるぞら？」

知らない単語に、首を傾げる。小春日和は聞いたことがあるけれど、それと似た意味合いだろうか。

「冬なのに春のようにあたたかい日のことさ。小春というのはもとは旧暦の十月を指すんだったかね。小六月《ころくがつ》、小春風、小春凪、みんな初冬の季語だ」

「……大地さんて、博識ですね！」

季語だなんて、学生時代に聞いて以来、長らく耳にしなかった言葉だ。

そういえば、彼はよくハードカバーの本を読んでいる。電子書籍よりも紙の本が好きだと言いながら、最近はビジネス雑誌はタブレットで読むようになってきた。つまりハードカバーで読んでいるのは、経営や経済関連ではなく趣味の本なのだろう。

「若いころは、俳句や短歌なんて金持ちの道楽みたいに思っていたもんだけれど、自分も年をとってあらためて日本語の美しさに感じ入るもんでね。まあ、博識だなんて言われるほどの知識は持ち合わせちゃいませんよ」

小さく笑って、彼が車の速度を少し落とす。追い越し車線から前に一台、車が車線変更してきた。

大地の運転する車に乗っていて、好ましいなあと思ったことのひとつ。

彼は、運転速度を競うような真似をしない。

割り込みを許容し、安全運転を心がけている。

人から聞いたか、テレビで見た場面かもしれないのだが、運転中に性格が荒々しくなる人というのもいるらしい。無理な追い越しやあおり運転は別としても、運転していると口が悪くなったり、気が大きくなったりというものだ。

大地はそういうことと無縁だ。いつもどおり穏やかに、むしろ元極道とは思えないゆるやかな運転をしてくれる。

「わたしからすると、大地さんはいろんなことに詳しいです」

「そりゃあなた、亀の甲より年の功ってもんでしょう」

「でも、若いころの大地さんのこともっと知りたかったのでちょっと悔しいですけどね」

「へえ？」

もっと詳しく聞きたいと、彼の口ぶりから伝わってきた。詳しくも何も、心花としては知り合う以前の大地を知りたいというだけの話である。

「わたしが母と同い年のころ、大地さんはもう母のことを知っていたんですよね？」

「二十二歳ってえことは、雪さんがもう心花を産んだあとじゃないか」

「そのころの大地さんは、毎日どんなふうに暮らしていたんですか？」

質問に、大地がわずかに目を細めた。

懐かしい若き日を、思い出しているのかもしれない。

「さてねえ、毎日喧嘩に明け暮れていたような、竜児とバカやっていたような、そんな話しかありゃしないが」

「ええ、聞きたいです！」

「心花に話せるようなお上品な思い出はあったもんかねえ」

そうこうしているうちに、調布《ちょうふ》ＩＣの案内表示板が見えてきた。ここで高速を降りて、あとは稲城《いなぎ》市へ向かうと聞いている。

「じゃあ、思い出したら教えてくださいね」

「若い子っていうのは、年寄りの昔語りなんか聞いても楽しかないだろうに」

「大地さんは年寄りじゃありませんよ。それに、わたしの大事な夫です。もっといろいろ知りたいんです」

力説すると、彼が珍しく声をあげて笑った。

「四十七歳にもなって、年寄りじゃないと必死に言われるのはなんだかくすぐったいものだ」

「だって、絶対違います。未亜ちゃんも同意してくれるはずです」

「お嬢ちゃんたちにかかっちゃ、おじさんはかたなしだねえ」

いかにもおじさんのふりをして言う大地だが、今日のスマートな服装を見る限り、四十前と言われても納得しそうである。

カシミヤのセーターに細身のデニム、前を開けたチェスターコートは胸ポケットに赤いチーフの華やかさがにくい。スーツのときとは違う先端の丸い靴は、きれいに磨き上げられている。

窓の外には見慣れない街。

生まれ育った八王子市に少し似ていて、けれどやっぱり知らない場所。

市街地に入ると車は速度を落として一路、目的地を目指す。

遊園地の名前を冠する駅がふたつある、私鉄が二社乗り入れるその場所は、子どものころに一度だけ来たことがある。

まさに、かつて心花が身長制限に引っかかってジェットコースターに乗れなかった遊園地だ。

ゴーカートや幼児向けアトラクションから、本格的な絶叫マシーン、バンジージャンプやお化け屋敷と、園内マップに散りばめられた娯楽の数々。

「……どこから行けばいいんでしょう」

こういう場所に不慣れな心花は、地図を見ても順番がよくわからない。

「心花が子どものころに乗りたかったものから回ろう」

「子どものころの……？」

手にした地図から顔を上げると、保冷バッグを持った大地が優しく微笑みかけてくれる。

その笑顔から、伝わってきた。

あなたが昔、したくてもできなかったことをやり直そう。そんな、彼の気持ちが。

「私はあなたからすれば父親みたいな年齢だからね。今日は夫婦じゃなくたっていい。心花は子どもに戻って、思い切り遊園地を楽しんでおくれ」

優しさに触れて、嬉しいと思わないわけではない。

だが、どうにもうなずけない部分がある。

言うべきか、言わざるべきか。数秒の黙考と、心花の決断は――

「だったらわたしは、彼氏とのデートがいいです」

子どもに戻りたいわけではない。大地を父親扱いしたいわけでもない。ほしいのは、恋人の彼のほうだ。

「そうきたか。こりゃ一本とられた」

心花の気持ちをすぐに察し、大地が間髪《かんはつ》を容《い》れず路線変更する。こういうところが彼の大人な面だ。提案はするけれど押しつけない。相手の考えに合わせて臨機応変に対応できる。

「あ、でも、やっぱり彼氏兼夫がいいって言ったら贅沢ですか？」

「心花が望むものを全部あげるよ。私はこう見えて、あなたに夢中だからねえ」

大地が左手を差し出してくれた。それは、ずっとふたりの間にある決まりきった愛情のルール。

「おいで」

「はい」

手をつなぐと、じんわりとぬくもりが伝わってくる。

彼はいつも「おいで」と言ってくれて、心花はその手に何度も救われてきた。彼の大きな手が、好きだ。手を差し伸べてくれる大地が好きだ。けれど、もしもいつか手をつないでくれなくなっても、きっと変わらずに好きなのだ。

この人がこの人でいてくれる。それだけで愛している。

「せっかくだ。一日満喫しよう」

「はいっ」

そしてふたりが最初に並んだのはジェットコースターだった。

――ん？ これ、結局子どものころのわたしが乗れなかったアトラクションでは……？

二十分ほど並んで乗った人生初のジェットコースターは、ふたりそろって「冬に乗るものじゃない！」という結論に落ち着いた。

十四時を過ぎるまで、さんざん絶叫系のアトラクションを回った。

ジェットコースターに始まり、バイキング、垂直落下もの、ウォーターライド、回転ブランコ。どれも速度がそれなりに出るので、途中でペットボトルのホットドリンクを買って手や頬を温めた。

「わたし、足がつかないのが怖いかもしれません」

昼食で混雑していた広場も、ぽつぽつと空席が増えてきている。

大地と心花は円形テーブルに陣取って、保冷バッグの中身を取り出した。

「私は落下するのが嫌だねえ。落ちはじめる瞬間の、尻の浮く感じがゾッとするよ。癖になるとも言えるがね」

「くせに……!?」

今日の大地は、彼のアイデンティティとも言うべきパナマハットをかぶっていない。遊園地に来ると決めていたから、かぶってこなかったのだと今さら気づく。

——でも、キャーキャー騒いでるのはわたしばかりで、大地さんは落ち着いてるなあ。

これこそが、彼の言う亀の甲より年の功だろうか。

持ってきた弁当のほかに、温かい料理も買った。スープを二種類、クラムチャウダーとミネストローネ。はたしてランチボックスの中身は——

「おにぎりはタクトの力作、この卵焼きとバターコーンは獅王、ウインナーは私が焼いたんだよ」

「え、大地さんも作ってくれたんですか?」

元舎弟たちに作らせて陣頭指揮をとる姿しか見られなかったが、その前にウインナーを焼いていたらしい。しかも、見事なタコさんウインナーだ。ゴマで目もつけてある。

——これを、大地さんが……

「写真撮らせてください!」

「これをかい？」

「はい。できたら大地さん入りがいいんですけど、ダメならウインナーだけでも！」

今日のどのアトラクションよりも、心花のテンションが上がっている。好きな人が自分のために作ってくれたタコさんウインナー。こんな幸福を、心花は知らない。

ましてや大地は料理ができないと言っていたではないか。

──わたしのために、作ってくれた。

「だったら心花も一緒に写ろう。誰かに写真を頼めばいいのか？」

「あ、だいじょうぶです。自撮りでたぶんいけます」

積極的に自撮りをすることなどない人生だと思っていた。これまでの二十二年、縁がなかったことが一瞬で変わる。大地といると、世界がどんどん広がっていく。

何度か角度を変えて撮影し、ふたりとタコさんウインナーの記念写真を複数保存した。

間違ってデータが消えてしまわないよう、すぐにクラウドにもバックアップをとった。

──あとで未亜ちゃんに送ろう。きっと驚くだろうなあ。

「さて、タクトのおにぎりは……いったい何が入ってるんだ、こりゃあ」

様々なサイズのオリジナリティあふれるおにぎりは、中身がわからない。ふたりで最初のひとつを選び、ぱくりとかぶりついてみた。

「わたしのはタラコです」

「………うん？　……うん、いや、ゴマしか入ってないんだが」

「ええ、ゴマだけですか？」

「ゴマは具にするもんじゃないな」

ザリザリと音を立ててゴマを食べる大地が、眉間にしわを寄せる。その表情がかわいくて、心花は思わず笑い声をあげた。

「交換しましょうか。大地さん、タラコ好きですよね」

「いや、ここで交換したら負けた気がするだろう。なんとしても私はこのゴマを食べるとするよ」

「負けず嫌い」

「そりゃそうですよ、あなた。負けを受け入れられる性格なら、道を踏み外さないで生きてきただろうに」

自分で言って自分で笑っている大地に、心花もつられてまた笑う。

いつも穏やかな時間を過ごしているけれど、遊園地というのは少し違うふたりになれる場所だと思った。

いや、そうではない。

ほんとうは、遊園地に限ったことではないのだと知っている。

今まで行ったことのない場所、見たことのない景色、聞いたことのない音楽、食べたことのない食事、ふたりにはまだ知らないことがたくさんあって、そのどれもこれもが新しいふたりを見せてくれるだろう。

だが、それすらも必要ない。

その何ひとつなくとも毎日新しいふたりがいるのだと、唐突に視界がひらけた。

平凡な日常の中にあるもの。ときおり訪れる非日常の中にあるもの。発見はどこにでもある。

気づいているか、気づいていないか。

ただそれだけのことなのだと、心花は思った。

無事、ゴマしか入っていないおにぎりを食べ終えた大地が、ペットボトルのお茶をがぶがぶ飲む。そうでもしないとやりきれないのだと思うと、またしても笑いがこみ上げた。

とても幸せだった。

幸せがゴマのように点在していて、それはいつも点と点のままでいるわけではなく、結ぶと星座のようにふたりの物語になる。

とても、とても幸せなことだった。

午後は少しゆっくりできるアトラクションを選ぼうという話になり、園内を上空から一周できるふたり乗りのバイシクルライドやアシカショー、お化け屋敷などを巡った。

「お化け屋敷って、季節で内容が変わるんですね」

「ああ、期間限定って書いてある。まるでコンビニスイーツじゃないかい」

「もう、大地さんったら」

手をつないで歩く冬の遊園地は、寒いのに寒くない。

日が落ちてくると、園内には昼間より大人が増えてきた。この遊園地は、冬の夜に美しいイルミネーションが見られるのだ。

外枠だけのビル状になったジェットコースターの区画や、様々な立体アトラクション、木々や広場にも電飾が灯ると説明には書かれている。もっとも高いところまで連れていってくれる大観覧車も七色に光るらしい。

「少し早いけれど、観覧車に並ぶとするかい？」

手をつなぎ、腕を組み、ときにはおそろいの服装のカップルたちが、それぞれ観覧車のほうに向かって歩いていく。園全体を見渡すには、観覧車がいちばんなのだろう。

「そうですね。せっかくだから、イルミネーションを一望したいです」

人々の波が、ゆっくりと観覧車に押し寄せていく。

水族館の大水槽で、みんなそろって同じ方向に泳ぐ魚になった気分だ。

――今度、水族館にも一緒に行きましょうって言ってみようかな。

「魚の群れのようだねえ」

「！　わたしも……っ」

同じことを思っていたと知って、思わず声が上擦る。

たかがそれだけのこと。ほかにも思っている人はいておかしくない。

「わたしも、水族館の魚みたいだなって思ってたんです」

「はは、そうかい。なんだ、そんなことで必死になって。心花はほんとうにかわいらしい」

「だって、嬉しかったから」

「あまりかわいすぎるところを見せておくれでないよ。こんな人混みじゃ、おまえさんに悪さをするわけにもいかない」

「え、えっと、それは……」

かあっと頬が熱くなる。

——大地さん、こんなところでわたしに何かしたくなるの？

こちらの頭の中を覗いてでもいるのか、大地がそっと耳元に唇を寄せて、

「食べてしまいたいくらい、かわいいよ」

とささやいた。

耳鳴りがするほど、彼の声で頭がいっぱいになってしまう。

指を交互に絡める、いわゆる恋人つなぎをしていると、ふたりでひとつの祈りのかたち

を作っている。

この手の中に幸福を閉じ込めたい。

ずっとつないだまま、幸せな未来を祈っていられたらと思う。

――な、何か気の利いた返事を。大人の女性らしい返事を！

心花はぎゅっと彼の手を握った。

「……あとで、おいしく食べてください」

背の高い彼を見上げて、小声で伝える。心のやわらかくて甘くて温かい部分を、彼だけに差し出す。

「これは驚いた。心花も言うようになったもんだ」

「だ、だって大地さんが……」

「もちろん」

彼は心花の言い訳を遮るように、先にひと言置く。

それからゆっくりと微笑んだ。

「もちろん、食べ残すことなく全部おいしくいただくよ。前言撤回はさせないからな」

† † †

観覧車は、ひとつひとつのゴンドラが異なる色にペイントされていた。

——全部違う色なんだ。乗る人が選べるのかな。それとも順番で偶然その色のゴンドラに乗るのかな。

巨大な車輪にも見える回転フレームは、黄色い光をまとっている。その外枠にぶら下がるゴンドラの色は、赤、オレンジ、白、黄色、緑、青の六色。もっとも高い位置は、地上一六〇メートルに及ぶらしい。

天気のいい日には富士山が見えるとマップには書かれているが、それは昼間の話だ。マジックアワーを過ぎて、空は冬の夜に覆われてきていた。日が沈むと一気に色を変える。遠くまたたく星が、ひとつ、またひとつと電飾より儚く光りはじめた。

「心花は、観覧車には乗ったことがあるのかい?」

「はい。これはお母さんと乗りました。でも、小さいころだったのであまり覚えていないんです」

母が聞いたらがっかりしそうだが、残念なことに当時の記憶はさほど鮮明ではない。

ガラス窓に張りついて、遠い景色を眺めていた。

あの日、母はどんな服を着ていただろう。どんな化粧で、どんな笑顔で、どんな話をしたのだろうか。

——思い出せないだなんて、わたしも相当に薄情だなあ。

だが、母ならそんな心花を見て「当たり前よ。あたしも覚えてないわ」と笑いそうな気もする。色白で線の細い人だった。その外見と裏腹にカラッとした性格の人でもあった。

ふたりの順番がやってきて、白色のゴンドラに大地が先に乗り込む。彼はゴンドラの中から左手を差し出してくれた。その手を握って、そっと丸いゴンドラに足を踏み入れる。

「わっ、揺れます！」

「ああ、そうだねえ。ほら、そっちに座りなさい」

「ありがとうございます」

大地の手をつかんだまま、心花はシートに座る。係員が「いってらっしゃい」と明るい声で告げてドアを閉めた。空の旅が始まる。

「思っていたより、中が広いものだ」

バランスをとるため、それぞれが向かい合ったシートに腰を下ろしている。

「ほんとうですね。それに、風が吹くだけでも揺れそうです。ジェットコースターと違って、一瞬で終わらないから高所恐怖症の人にはつらいかも」

「あなたは高いところや暗いところをあまり怖がらないねえ」

「はい。小さいころは怖がりだったんですけど、母があういう人でしたから」

仕事柄、母は夜に家を空ける人だった。しかし、心花が言ったのはそういう意味ではない。

母がいないから必然的に怖がりでなくなった——のではなく、母は心花が怖がると「えー、怖いことなんて何もないよ」と笑うタイプだった。

目に見えるものを信じる。

見えないものは存在しないと切り捨てるのではなく、『今、ここには存在しない』と母は言っていた。

「雪さんは、いいお母さんだったんだろう。心花を見ていればよくわかるよ」

「そ、そうですか？」

「いずれあなたも、いいお母さんになる」

大地はそう言って、両手をこちらに差し出す。

「……ふたりで片方に寄ったら、ゴンドラが揺れるかもしれません」

「落ちるわけじゃあるまいし」

「外から見て、中でいちゃいちゃしてるって思われちゃいますよ？」

「見せつけてやればいいさ」

微笑んだ大地が、とても鮮やかだった。

窓から見える園内の華やかなイルミネーションよりも彼の声が、彼の言葉が、色鮮やかに世界を彩る。

「はい、大地さん」

両腕の中にふわりと身を委ねた。さっきまで、屋外でも手をつないでいられれば寒くないと思っていた。けれどこうして抱き合うと、足りないと思ってしまう。

「大地さんのことを、こらえ性のない大人だと言えなくなりました」

「うん？　まず、そんなふうに思われていたとは知らなかったんだけどねえ」

頭の上で、大地がくっくっと笑った。

「だって、遊園地デートの最中に食べてしまいたいなんて言うから」

「おいしく食べてくださいって言ったくせに何を言うか」

「ほんとうですね」

ひたいを寄せ合い、伏し目がちに笑い合ってキスを交わす。どちらの唇もひんやりしているのに、重ねるとぬくもりが生まれた。

――もっと、キスしたい。

自分から舌を伸ばし、彼の唇の間《あわい》をちろりと舐める。

すると、すぐに大地の舌が迎えに来てくれた。観覧車がときどきぐらりと揺れる。

ぐらり、ゆらり、甘いキス。

「大地さん」

「なんだい、心花さん」

「こんなにぐらぐらするキス、初めてですね」

景色が彼のキスの向こうできらめいている。

電飾の目映《まばゆ》さを視界の端にとらえながら、心は大地のキスで満たされていた。

「もしやこれは、吊り橋効果が狙える状況じゃあないかね」

「もう恋に落ちてるのに、また落とすつもりですか……?」

「落とされてるのはどうやら私のほうらしい」

ゴンドラが天辺に到達する。

美しいイルミネーション。誰かがきっと、それを見て愛する人と笑い合っている。手をつないで、声をひそめて、幸せを噛みしめている。

けれど大地と心花の目に、イルミネーションはもう映っていない。

睫毛を震わせながら、キスに目を閉じて。

どんな美しいものも、この恋に敵わないことを知っていた。

† † †

家に帰り着くと、日常が待っている——はずだった。

「え……?」

玄関のドアを開けた心花は、目を疑った。

暗い廊下に見覚えのない大きなクリスマスツリーがある。照明をつけなくても気づいたのは、ツリーが今日の遊園地のイルミネーションよろしくキラキラと輝いているからだ。

「大地さん、これ……」

「粋なことをするもんだ。大方、櫻井あたりだろう」

日常の中の非日常。それはたしかに櫻井の存在によく似ていた。

——朝食も昼食も作ってもらって、帰ってきたらクリスマスツリーが飾られている。

「わたし、子どもになるより恋人のデートを楽しみたいって言いましたけど」

心花は玄関に立ったまま、ツリーを見つめて涙目になった。

「ぜんぜん、子どもでした。皆さんが甘やかしてくれてるんですね」

「それじゃ俺が困る」

背後から抱きしめられ、壁に押しつけられる。反射的に両手のひらで壁を受け止めた。

彼の両手は、サロペットの胸当ての内側に入り込んでくる。

「だ、大地さん、ここじゃダメですからね？」

彼には、かつて廊下で心花を押し倒した前科があるのを思い出した。

「あのころとは違うから安心しろ」

——でも、口調が『俺』のほうですよ……？

「安心しろと言いながら、手が、あの、ぜんぜん安心できない動きをしてませんか……」

大地の指が、インナーをめくり上げる。素肌にすべる指腹が冷たい。

「あのころと違って、ちゃんと夫婦だろ？」

「っっ……！　あ、やだ、ほんとうにここで……!?」

「します。なぜなら俺はもう待てない。こらえ性のない大人だから仕方ないよな」

首だけで振り向いた心花に、大地が爽やかな笑顔を向けてくれる。しかし、言動はまったくもって爽やかからほど遠い。

靴を履いたまま、玄関に立って服を脱がされるというのはなんだかひどく心もとない感じがした。

——わたし、こんなところで恥ずかしい格好をしてるのに……

ネイビーブルーのブラとショーツ姿で立つ心花を、クリスマスツリーの電飾が照らす。体の凹凸が濃い陰影となって大地の前にさらされていた。

まだ触れられてもいないのに、胸の先端に甘い予感が集まっていく。呼吸のたびに胸がかすかに上下しては、これから与えられるであろう快楽に期待しているのが知られてしまう。

「品があって、心花の白い肌によく映える色だ。こうして普段とは違う場所で見る肌というのはことさら淫靡だな」

コートを脱いだ大地が、セーターの袖から伸びた美しい手で乳房を弄《まさぐ》ってくる。下着越しだというのに、左右の丘陵の中心に淫らな欲望が凝《しこ》ってきているのがわかるほど屹立していた。

「ん……っ……」

胸をあやされ、心花は両手で口を塞ぐ。

住人が廊下を通ってもおかしくない時間である。あられもない声をあげて、見知らぬ誰かに聞かれるのは恥ずかしい。

ブラのストラップが肩からするりと下ろされて、それまでしっかりと乳房を包んでいたカップがずれる。レースの縁に大地が指をかけた。

「！　っっ……ぁ、あ」

白く張りのある胸がまろび出て、色づいた先端がツンと自己主張している。

彼の指腹が、すりすりと屹立の側面を撫でた。

「ん……ぅ……ッ」

――やだ、声が出ちゃう。

愛《め》でられ、あやされ、体は感度を増していく。芯の通った乳首は、夫の愛撫を待ちかねて震えていた。

「こんなに勃《た》ってかわいそうに。俺に舐められたいのか？」

長身の体躯をかがめ、大地が胸元に話しかけてくる。薄明かりにちらりと覗いた赤い舌が、肌の上を這うことを想像せずにはいられない。

「な、められたい、です」

「そうだったな。心花は俺においしく食べてほしいと言ったんだ」

では遠慮なく、と大地が胸の先にしゃぶりついた。

「ひぅッ……！」

熱く濡れた舌全体で乳暈を舐られて、体が傾《かし》ぐ。彼の頭を胸に押しつけるように、心花は両腕で大地を抱きしめた。

その所作を求めと察したのか、大地が舌先で突起の周囲をねっとりと舐め回す。焦れったいほどゆっくりと、それでいて情熱的に唾液をまぶされ、心花は早くも腰をくねらせた。

──こんな、もうわたしの弱いところ、全部大地さんに知られてる。知られちゃってる。

ぴちゃぴちゃと舐められているうち、もどかしさがこみ上げてくる。

彼に慣らされた体は、舐められるだけでは足りなくなってしまった。狂おしく吸い上げて、心まで吸い出す愛撫に翻弄されたいと疼く。

「──っ……ん、ふ……ッ」

舌先でピンと弾かれ、胸から腰へと情欲が伝っていった。下着姿で淫らに躍る体を、大地があやす素振りで撫でる。背中を、脇腹を、太腿を、優しい手がたどっていく。

「く、すぐったい……、んっ」

「へえ？　くすぐったいからこんなに乳首が硬くなってるのか？」

「あぅッ……！」

指でつままれ、根元からきゅうっと引っ張られる。すると触れられている部分だけではなく、体の奥深いところから快感の糸を手繰《たぐ》られたマリオネットのように腰が前後に揺れた。

「は、ァ……っん、ん、ぅ……」

懸命にこらえる声が、鼻から抜ける。濡れた目で見下ろした先、大地が見せつけながらゆっくりと先端を口に含み――

「っっ……！　ア、ぁ、ああ、ッ……」

じゅう、と彼の粘膜で敏感な部分が引き絞られた。

ほしくてたまらなかった快楽を与えられ、全身がわななく。

――え、あ、嘘……！

まだ胸しかさわられていないのに、隘路がきゅうっと収斂した。果てへ追い立てられる感覚だ。

少なくとも下半身への刺激はない。こんなふうに達するのは初めてのことだった。

「……だ、いち、さん……」

かすれた声で名前を呼ぶ。

両肩につかまり、かろうじて体を支える。ともすれば、このまま崩れ落ちてしまいそうな快感に、膝がガクガクと笑っていた。

「胸だけでイケるようになるとはな。心花の体は愛される才能に満ちてる」

片頬に甘やかな笑みを浮かべる彼が、嬉しそうに唇を拭う。

唾液に濡れた乳首が、クリスマスツリーの明かりを受けて淫靡に色を変えていた。自分の体が、自分の知らない体に作り変えられていく。

もっと、彼のものになりたい。

そう思う気持ちが、彼の愛撫に反応する体を後押しする。

「こんな場所で脱がされて、感じさせられて、自分から脚を開いてるのはわかってるか？」

「え……あっ……」

閉じ合わせていたつもりの内腿は、膝が緩み、隙間を作っていた。

待っている。彼の手を、彼のキスを、彼の愛情を。

それを知らしめるように、大地が右手を鼠径部に這わせる。

脚の間には凝《こご》る熱があふれていた。しっとりとショーツを湿らせ、柔肉の内側にぬかるみを作る。恥丘をくいっと親指で押し込まれ、心花は子どものようにイヤイヤと頭《かぶり》を振った。

「ほら、何をされても受け入れる。心花はいやらしくてかわいいな。こうして指でさすってやると、自分から腰を押しつけてくる」

「や……っ」

布ごと亀裂に押し込まれ、ゆるゆると縦に撫でられた。すぐに彼の指が花芽を探り当てる。

「ああ、勃ってるな」

人差し指と中指が、つぶらな部分を挟み込んだ。

「ひ、ぁッ……！」

心花はそこが弱くて、いつもすぐに達してしまう。直接つままれると、刺激が強すぎて涙が出ることもあった。痛いわけではないので、感じやすいのが理由だろう。

——布越しだと、何か違う。何か、いつもより……

「大地さ……ぁ、気持ち、イイ……っ」

「素直でよろしい。このまま一度イッておくか」

挟む二本の指に、彼は交互に力を込める。激しくこすりたてるのではなく、やんわりとあやされる感覚に身を委ねた。

「は……っ、あ、あ、あっ」

「体勢がつらいだろう。こっちに体重をかけておいで」

「だい……ち、さ……ああ、アッ……」

彼に体をあずけると、下着が脇に寄せられる。すぐさま指が蜜口につぷりと割り込み、逃げる腰をつなぎとめた。

「うう、ぅ、あぅ……」

「なんだ、またイッたとは。かわいいな、心花は」

言いながら、彼は指を動かす。きゅうと締まった隘路は、達したばかりだ。そこを指で広げて、濡襞をほぐし、指股までずっぽりと押し込まれる。

「手のひらまで垂れてくる」

指を架け橋に、媚蜜が大地の手のひらへしたたっていく。腰の奥が疼いて、立っているのもつらかった。

両手で口を覆っているため、バランスもとりにくい。

「ぉ、願い、もう、部屋に……」

「まだほぐし終わってもいないのにか?」

彼は指を咥え込ませたまま、花芽を親指で撫でさする。

「～～～っっ、ひ、ぁ、ああ、あぅ……ッ」

「イイ声だ。もっと聞かせてくれ」

「ゃ、ァ、大地さ……あ、ア、ダメ、んん……」

さすがに彼も体勢がつらかったのか、一度指を抜き取ると心花の体を裏返した。壁に上半身を押しつけて、腰だけをうしろに引き寄せられる。

ぴたり、と熱いものが脚の間に挟み込まれた。

――イッたばかりなのに、もう挿《い》れられちゃう。わたし、きっとそれだけで……

張り出した亀頭を蜜口に軽く押しつけ、彼がぐっと腰を突き出す。挟られることを想像して待っていた粘膜がひくひくと震えたが、大地の劣情は隘路ではなく花芽にこすれた。

「ああッ」

思っていたのと違う快感に、心花は腰を揺らす。

彼は再度腰を引く。先ほどと同じように、先端を斜めにめり込ませてきたが、蜜でしとどに濡れた雄槍がまたもぬるりと亀裂を走った。切っ先は膨らんだ花芽を何度も撫でつける。蜜口からあふれたものをまぶされて、どうしようもないほど感度が上がっていく。

「ゃ……んっ、あ、あっ」

「どうした?」

「んんっ……」

――そこじゃないの。中にほしいの。

そのひと言が言えなくて、心花ははしたなく腰を左右に振る。

彼の目に自分がどう映っているのか、考える余裕が次第になくなっていく。

軽く達するのを繰り返しているせいなのかもしれないし、挿入されると思ったタイミングで焦らされているせいなのかもしれない。

わかるのは、ただ大地がほしくて仕方ないということだけだ。

「あぁ、ん、んっ……」

くちゅ、ぬちゅ、と柔肉が亀頭でなぶられる。愛《め》で撫でられるという意味では正しく愛撫されているのに、愛されることを知る体はもっと先の悦びを求めておさまらない。

すべらかな先端が、みだりがましく開閉する蜜口に押し当てられる。ぐぐ、とめり込みかけては挿入角度をずらして花芽を打つ。

「薄明かりでも、肌が染まってきているのがわかる。心花が感じているのがよくわかるよ」

「わ、たし……っ、ぁ、ああ、もぉ……お願い……ですっ……」

「イキたくてたまらない?」

体の奥に澱《おり》をなす欲情を、どうにかしてなだめてほしい。

心花は彼の言葉に首肯する。何度も何度もうなずいて、そのたびに雄槍でびたびたと花芽をあやされた。

「ふ、ぅ……ッ」

最奥が歯がゆさに顫動《せんどう》する。ひりつくほどの切望で、隘路が何度も収斂する。彼を食い締めたい。思い切り貫かれて、激しく突き上げられたい。それしか考えられなくなっていく。ほしい、ほしい、彼がほしい――

吐息と嬌声を閉じ込めた分だけ、手のひらが湿っている。

頬を濡らす涙と同じく、内腿を蜜が伝っていた。どちらも大地を求めに求めた結果だ。

「やだ、もう無理です。お願い……ッ」

「言ってごらん。ほしいものは何？」

熱を溶かした大地の声がうながす。

いや、彼はずっと心花を導いていたのか。

口を覆っていた手を、大地の手が包み込んでくる。

「さあ、心花」

「あ、あ……、大地さん、が……」

「俺が？」

手のひらを壁に押し当てられ、唇が新鮮な空気に震えた。

――あなたがほしい。

「挿れて……ください……！」

背後で彼が身震いするのが伝わってくる。間《あわい》に押し当てられている楔が、びくんと鎌首

つ。

「――思う存分、味わえ」

雄槍が焦点を合わせる。一秒が長い。大地の切っ先がひくり、と口を開いたところを穿をもたげた。

「っっ……、ひ、ぅう、あああ、あ……ッ」

狭い浅瀬が彼を押しつぶし、その形をしっかりと粘膜が写し取ろうとする。くびれも、筋も、脈も、彼という存在を体の内側で覚え込んでいく。

――……あれ？

いつもなら、このまま奥までひと息に突き上げてくる大地が、蜜口に亀頭のくびれを引っかけたまま、首筋にキスを落とした。

「あ、大地さん、早く……。奥まで、全部ください……ッ」

「焦らなくても俺は全部おまえのものだろ？」

ぐりっ、と彼が腰を回しながら侵入してくる。

「ふぁ……ッ、あぅ、あ、あ」

壁に手をつき、頬を寄せ、心花は自分から腰を突き出した。足りない、この渇望を潤すための熱が足りないのだ。もっと深く、もっと強く、彼を感じたい。

ここが玄関だということも忘れて、彼の劣情を咥え込む。愛に飢えた体が、男の形に開かれていった。

「は……っ、ぁ、ああ、大地さ……」

「今日の心花はいつにもまして狭いな。ここを突いてやると、入り口が食いちぎろうとしてくる」

子宮口に先端が当たる。ノックするように二度、とんとんと軽く打ちつけられた。

「——っっ、あ、ああ！」

静寂を、濡れた打擲音が震わせる。

明滅するクリスマスツリーの電飾に合わせて、彼が腰を揺らす。

根元まで受け入れると、心花の体が大地の形になる気がした。

「すごい、の……、大地さんの、いっぱい……っ」

そのとき、コツコツという硬質な音が耳朶を打つ。ふたりの世界に浸りきっていた体が、びくんと震えた。

「……っ、あ、人が、あぅ……っ」

外廊下を歩く靴音に、心花の全身が硬直する。

大地が耳元に顔を寄せてきた。声よりも早く、吐息が首筋を蕩けさせる。

「声をこらえていないと、聞こえるかもしれないな」

「や……ッ」

腰からうなじにかけて、ぞくりと震えるものがあった。

ふたりだけの親密な行為を、人に聞かれてしまう。それは絶対に避けるべきことだとわかっている。当然、大地も知っているはずなのに彼は——

「っっ……、ぅ、う……っ」

突如として激しく腰を打ちつけてきた。

——や、ダメ、どうして⁉

蜜路を抽挿する太棹が、あふれ返る淫液をくびれでかき出す。突き上げられるたび、床に飛沫が散る。

「大地さん、待っ……ぅ、んんっ……」

「ちゃんと我慢しないとダメだろう？」

大地は、逃げを打つ腰を片手でつかみ、もう一方の手で鼠径部に指を添えてくる。あっと思ったときにはもう遅い。体の内外から同じ部分を刺激されていた。

「〜〜〜っっ、や、そこ、ダメ……っ」

抽挿に合わせ、手で薄い腹部を押し上げられる。外から子宮を愛撫されると、おびただしい蜜が噴き出す。彼の太腿が濡れそぼり、ふたりの快楽を刻む音がいっそう淫靡に彩られた。

——いや、ダメ、こんなの我慢できない。声が……！

「んく……っ……、う、うぅ、ア……っ！」

なんとか動きを押し留めようと、心花の粘膜が必死に大地を引き絞る。ぎちぎちと締めつけるほどに、官能が高まってしまうのを止められない。

「心花」

耳元でかすれた声がした。

「そのかわいい声を誰かに聞かせるなんて許さない。ちゃんと我慢するんだよ」

「だっ……」

――だったらお願い、動かないで！

「――ッッ、――ぁ、っ――……ッ！」

気が狂いそうなほど、体の深い部分まで蹂躙される。心花のすべてを犯しつくす劣情は、脳天まで痺れる快感のリズムを刻んでいた。

――いや、いやっ。中、おかしくなっちゃう。お腹押さないで。もう突かないで。声、我慢できない……！

「ヒッ――ぁ、あ……っ……――っっ、ん……ッ」

肉のぶつかる音に、喘ぎまじりの呼吸が重なる。

「イクよ、心花」

「！　待っ……、今、は……」

足音が、すぐそばを通過していく。見知らぬ誰かの気配が、心花を煽る。咥え込んだ雄槍を食い締めて、全身がぶるぶると震えていた。

「ああ、かわいい、俺の心花」

「んん……ッ、――ん、――っ、は――あ、あ、アァあ、ああ……ッ！」

熱い息と逃げ場のない悦楽に、奥が戦慄する。

爆ぜんばかりに張り詰めた亀頭が、心花の中で大きさを増す。彼が達する合図だ。

「――ッ――ぁ、あ……――ふ、うう……ッ」

どくん、と体の中で脈を打つ音が聞こえた。

漲る雄槍が、最奥に先端を密着させたまま白濁を放つ。熱くて濃いものがほとばしり、子宮口に振動を伝えてくる。

「ああ、心花、心花……」

射精《だ》しながら、彼はまだ腰を揺らしていた。

「っっ……だいち、さ、ダメぇ……中、もう動かないで、あ、ああ」

汗ばんだ肌に、濡れた心。

彼を存分に与えられ、充足した隘路。

「好き……です……」

靴音が遠ざかるのを耳に、心花は愛しい夫に人生何度目になるかわからない愛情を伝えた。

「愛してるよ、心花」

「ん……っ……わたしも……、え、えッ？」

快楽の果てに、まだピクピクと小さく震える花芽を彼の指がそっと撫でる。

——嘘、終わったばかりなのに。

「何度抱いても抱き足りない。こんな渇望は、おまえに会うまで知らなかった」

「だ、大地、さん……？」

果てたばかりだというのに、彼の劣情はまた力を取り戻しつつある。

「おまえのせいでこうなった。責任をとってくれるか？」

意地悪に、されど甘く。

蠱惑的な声が誘う。

——逆らえるはずがない。わたしはこの人のものだから。

「はい、大地さん……」

心花の返事に、彼は満足げにうなずいた。

玄関の床にいくつも小さな水たまりができる。ふたりの体からしたたる快楽の証は、まだ留まるところを知らない——

† † †

蜂蜜のようにとろりと甘い眠りにまどろみ、大地は妻を腕に抱いていた。

明かりを消した寝室のベッドに、開けたままのカーテン。射《さ》し込む月光が、心花の頬をほの明るく照らしている。

——今は何時だ？

午前三時、疲れた体と裏腹に冴えた頭で、またやりすぎてしまったと反省する。

玄関で抱きはじめた彼女を、バスルームで一回、さらに寝室でとどめの一回。合計三回も抱きつくした。最後は意識を失った心花を前に、一方的な愛情を放つ始末だった。

まったく、どうかしている。

若い妻をもらって浮かれているのかと思うときもあったが、何度抱いても飢《かつ》えた体がおさまらないのだ。抱いて抱いて、抱きつぶして。彼女が意識を手放しても犯すだなんて、これでは獣も同じではないか。

——それでも俺はあなたを抱きたいよ、心花。

静かな寝息を立てる彼女のこめかみに、かすめるようなキスをひとつ。

愛しい女の寝姿は、幸福の象徴に思えた。

しどけなく眠る彼女を見つめているだけで、すべてにおいて満たされる。心花を守るためならばなんだってできるだろう。

――但馬さん、あなたもこんなふうに雪さんを想っていたんですか。

かつて但馬と雪は何度も求め合い、何度も別れを繰り返した。互いにとって互いが必要でありながらも、決して結ばれることを許されない関係にあったふたりの忘れ形見を抱きしめて、大地は答えのない問いかけをしている。

誰かの愛の形なんて、わかりようもない。

自分の愛がどんな形かも、まだ見えていないのだ。

ただこの女を愛し抜く。それすらも決意ではない。愛する以外できることがないと知っているまでである。

――まったく、罪深い女だ。父親ほども年の違う男を、こうも惑わせるとは。

罪とも業《ごう》ともほど遠い、健やかな寝顔を見つめて笑《え》まう。

「そうか。これが幸せってことか。あなたには教えられてばかりだよ」

幸せそうに眠る心花を抱きしめて、大地はもう一度目を閉じる。

夜は優しく彼女を包み、この夜の心花はいつもより神々しく感じられた。

† † †

週が明けて月曜日が訪れ、気温は冬への下降線をたどる。

寒さが厳しくなるにつれて、心花は睡魔に誘われる日々を過ごしていた。なぜだろう。夜に七時間は寝ているが、それでも日中にまた眠くなる。春眠暁を覚えずというが、昨今の気候変動が影響しているのだろうか。

――たぶん違う。生理前だったかな。前回は……

アプリを開いて、ふと気づく。もうとっくに生理が来ていておかしくない時期だ。予定日を六日過ぎている。

瞬時に心臓が早鐘を打つ。

もしかしたら、と膨らむ期待を「まだ六日」と言い聞かせて押し殺した。

心花は以前にも生理不順の時期があったので、このくらいで期待していたら違ったとわかったあとでがっかりすることになる。

だが、なぜだろう。今回は小さな予感が胸に灯っている。

期待しないと言い聞かせつつも『妊娠　病院　いつ』という検索ワードで、情報を収集してしまう。あと二日様子を見てから、ドラッグストアで検査薬を買っても遅くない。

と言いつつ、結局その日の午後に人生で初めて妊娠検査薬を買った。大地が見たら驚くだろうから、彼の目に触れない場所に隠しておくのも忘れずに。

† † †

「大地さん、今日は何時ごろ帰りますか?」

金曜日の朝、家を出るときに心花が玄関でそう尋ねてきた。

——珍しいな。

普段はあまり気にすることのない彼女が、帰宅の時間を確認する。どこかへ出かけるのだろうか。それとも、未亜が遊びに来るのか。

「今日は夕方には帰れると思うがねえ。何かあるのかい?」

「いえ、お夕飯はサバの味噌煮ですよ」

鯖の旬は秋の終わりから冬の終わりにかけて。心花は季節の野菜や魚を調理するのをモットーとしている。

「それは楽しみだ。いつもありがとう、心花」

「ふふ、こちらこそありがとうございます。気をつけて行ってきてくださいね」

まだ冬だというのに春めいた微笑を浮かべる妻に手を振って、大地は家を出た。

大地の好きな献立の日だから、何時に戻るか知りたがる。なるほど、心花らしい。

「いってくるよ」

ドアを閉めると、もう恋しくなる。いい年をして、自分という男は何をやっているのだろう。これが恋というものか。

――かわいい心花のためにも、早く帰れるよう尽力するとしよう。

大地は、表立って仕事という仕事はしていない。それはあくまで表向きの話だ。

複数の会社を経営し、実務は各社に任せている。だが、大地が顔役を務めることでうまく回る部分があるのも事実で、様々な場所で顔を売り、名刺交換をし、したくもない食事会に参加する。

彼がかつて蜆沢組若頭だったことは、公然の秘密だ。

それを嫌ってかかわりたくないという者も当然いるし、知っていて近づいてくる者もいる。世の中は、うまい具合にできているのだ。捨てる神あれば拾う神あり。

今日は午前中に輸入会社へ顔を出し、取引先との昼食会を終えてから、午後は相談役を務めている会社の来季方針について予備打ち合わせがある。

――早く終われば十七時には帰れるな。

と思った朝だったが、結局打ち合わせは時間がおして終わったときには十八時を過ぎていた。

たいてい、鎌倉家の夕食には人が集まる。

大地は若頭になる以前から、面倒を見ている若い衆に食事をさせる習慣があった。心花がハウスキーパーとして働きはじめてからは、それに拍車がかかったのだ。なにしろ、彼女の作る食事は懐かしくて優しい、家庭の味がする。

家庭環境に問題を抱える者の集まる組織だ。そこの若い者といえば、家庭料理に飢えているのも当然だろう。

十九時過ぎに帰宅した大地は、玄関を見ておや、と首を傾げた。

「ただいま」

声をかけると、エプロンをつけた心花がスリッパでぱたぱたと玄関までやってくる。

「おかえりなさい」

「遅くなって悪かったね。今日は誰も来ていないのかい?」

彼女は少し居心地悪そうに身を捩り、小さな声で「はい」と返事をした。

些細なことだが、違和感が残る。

——今夜は夕飯に来るのを控えるよう言った覚えはないんだが。

大地にも都合はあるので、日によって「今夜は来ないように」「今夜は鍋だ」と食事に集まる面々に連絡をすることはあった。皆も心得たもので、特に連絡のない日は食べに来てもいいと考えているきらいがある。

今日、大地はなんの連絡もしていない。

「あの、ふたりで話したいことがあったので、獅王さんに頼んで今日は遠慮していただけるよう連絡してもらいました。勝手をしてごめんなさい」

ひどく申し訳なさそうに彼女が言った。そういう事情があったのなら、ふたりで食事をするのは問題ない。ただ、気になるのは話したいことの内容だ。

「そりゃかまわないさ。私は心花がいれば満足だ」

「ふふ、そうでしょうか」

「？　そうだよ。なんだい、今さら」

いつもの彼女なら「わたしもです」なんてかわいいことを言ってくれる。いや、今日の心花がかわいくないわけではない。はぐらかす言い方も愛らしかった。

「お夕飯、食べますか？　先にお風呂にします？」

「そうだねえ。風呂はあとで一緒に入るとするか」

「あ、ちょっと今日はダメです」

即答されて、大地は面食らう。

何かが違う。だがその何かがなんなのかわからない。

――まさかとは思うが、俺に見切りをつけたってことじゃないだろうな。

そんなわけがないという気持ちと、もしかしたらという気持ちがせめぎ合う。

「今日っていうか、しばらく遠慮したいかなと……」

「心花、何があった」

薄い両肩をがしっとつかむ。つかまえていないと、彼女が自分の前から消えてしまう気がした。それは嫌だ。素直にそう思う。

「食事のときに話します」

ふわりと微笑む彼女は、こう見えてなかなかに頑固なことを大地は知っている。強引に聞き出すのが不可能だとは思わないが、心花には心花のタイミングがあるのだろう。

――待つしかない。わかっている。

だが、わかっていてなお待ちきれなかった。

「今聞かせてくれ」

「大地さん、」

「何か不満があるなら、言ってほしい。できるかぎり対処する」

「……不満、ですか？」

心花がきょとんとしてこちらを見上げている。大きな目を瞬《しばた》かせ、大地の言葉を理解できていないとばかりの表情だ。

「不満はないのかい？」

「うーん、思いつきません。大地さんは、何か不満があるということでしょうか……」

「私のことはいいんだよ。あなたがいつもと違うから困っているんだ。不満でないとしたら、なんだ？　悩みごとか、それとも――」

考え込む大地の右手を、彼女がそっと引いた。

手のひらが、すべらかな下腹部にあてがわれる。その意味に、一瞬で思い当たった。

「……っ、心花、それは」

「はい。妊娠してるのがわかりました。だから、しばらくその……そういう、夜の営みというか、うん、ちょっとお休みさせていただきたいんです」

目の前の彼女が現実の存在ではないように感じる。

当然、そんなはずはない。これまで大地が何回も、何十回も抱いた女だ。心から愛して結婚を申し込み、妻となってくれた人なのである。

――俺の、子どもが?

「……ありがとう」

心臓が激しく高鳴っていた。

この喜びを、もっと心花に伝えたい。それなのに、ひどくありきたりな言葉しか出てこないのがもどかしかった。

「ありがとう、心花。嬉しいよ。どう言ったらいいか、ああ、私はずいぶんと言葉足らずだねえ」

「そんなことありませんよ。喜んでくれてるの、ちゃんと伝わってます」

――なんてできた妻だろう。

大地は、愛する女性を抱きしめたい衝動に襲われる。

「一応確認するんだが、お腹に負担がかかるというのはどのくらいのことを指すのだろう」

「負担、ですか？」

「今、私はあなたを抱きしめたいんだがね。もし、お腹の子どもに迷惑ならそっと抱きしめるだけにするべきだろう？」

一瞬、驚いたように目を瞠った心花が、次の瞬間には破顔する。

「だいじょうぶですよ。痛くないくらいなら、いくらでも」

そう言って彼女のほうから抱きついてきてくれた。

――今、俺の腕の中にふたりいる。

その事実が、胸をひりつくほどに熱くした。喉元まで心臓がせり上がって、呼吸が苦しくなってくる。そんな錯覚と同時に、やはりひたすらに幸福を噛みしめているのだ。

「心花、ありがとう。ああ、ありがとうしか見つからないねえ。あなたには苦労させる」

「つわりになったら、ごはんが作れないかもしれないです。そのときに苦労するのは大地さんですよ」

「そりゃ心配だ。つわりでも心花が食べられるものを作ってくれるシェフを手配しておかないといけないな」

「……え、あの、それは本気で言ってますか？」

もちろん本気だ。だが、毎日の食事を考えると自分が料理できるようになるのがいちばんだとも思う。

——俺が、料理？　できるのか？　いや、できるできないじゃない。やるしかないだろう。

「心花」

左右の肩口をつかんで、妻の顔をじっと見つめる。

「は、はい」

「私に料理を教えてくれるかい？」

真剣な顔で問いかける大地に、彼女は優しくうなずいた。

「はい。誠心誠意、できるかぎりお教えします。でも、今日はもう作ってあるので一緒に食べませんか？」

「一緒にって、まだ食べていなかったのか。それはいけない。妊婦さんが食事をしないなんて、そんなことはあっちゃいけませんよ、あなた。すぐに食べよう。お腹の子にも食べさせてやらないといけない」

「もう、心配性なお父さんですね」

心花がお腹をひと撫でして、キッチンへ向かう。

彼女のうしろ姿に目を奪われる大地は、頭の中で「お父さん」という単語が何度も聞こえてきていた。

そういえば、心花と暮らしはじめて二年が過ぎたころ、彼女に実の父だと誤解されていた時期がある。誤解だと知っていて、大地はそう思わせるような態度をとっていた。

あのころ、心花は「お父さん」と呼んでくれたものだ。

——だが、それとはぜんぜん違う。俺は心花の父親ではないと知っていて、父親ごっこを楽しんでいただけだ。今度は、ほんとうに父親になる。

「心花」

「はい?」

「手伝えることはあるかい?」

「じゃあ、テーブルを拭いてもらっていいですか?　ダイニングテーブルで不届きなことをする人が、我が家にはいるみたいなんです」

冗談めかした彼女の言葉に、大地は「やれやれ」と肩をすくめる。

父親になる日が来る。

心花と自分の子どもが生まれてくる。

そのことを考えると、居ても立ってもいられない気持ちがした。

今すぐに、年甲斐もなく夜の街を走り回りたいほどの衝動が体の中で暴れている。

——父親か。この俺が。

† † †

リビングの照明を消して、寝室に向かう。

このマンションに暮らして三年近くが過ぎた。大地と寝室を同じくしてからはまだ一年と経たないけれど、電気を消しても室内を歩けるくらいには慣れた我が家だ。

寝室のベッドの上では、大地がナイトスタンドの明かりをつけて心花を待っている。

「心花、おいで」

「はい」

彼が羽毛布団をめくって、心花を迎え入れてくれた。

「……あったかいですね」

身を寄せ合い、先にベッドに入っていた彼の体温であたたまったベッドに包まれる。

「温かいというのは、幸せの象徴だと最近思うんだよ」

「幸せの……」

「心花がいてくれるから、私の人生はこんなにも幸福にあふれている。気づいているかい？」

ぷに、と頬を指先でつつかれた。

――そんなの、わたしにとっては大地さんが幸せの象徴なのに。

心花は夫を見上げて、何も言わずに微笑んだ。

「私の大好きな心花、今日はまた新しい幸せをくれたねえ」

「ふふ、わたしも幸せです。この子が宿ってくれたのを知って幸せになって、大地さんが喜んでくれてもっと幸せになりました」

優しい腕に抱きしめられ、ナイトスタンドの照明が落ちた。

「ねえ、大地さん」

「うん？」

「子どもが生まれたら、こうしてふたりで眠ることがなくなるかもしれません」

とても残念ではあるが、その点については今から覚悟を決めている。大地を独占できる時間は減るだろう。子育てで睡眠時間が削られることもあれば、夜泣きに苦労する日だって来るかもしれない。

「私はわりと宵っ張りだからね。夜はなるべく心花を休ませて、面倒をみるつもりだよ」

「……あの」

突然の言葉に、彼が夜泣きに対応するつもりだと言っているのを、一瞬理解できなかった。

――大地さんが？　鬼神の大地なのに、赤ちゃんを抱っこして、夜中に子守唄を歌ったた。

りするの？

想像するだけで、顔がにやけてしまう。

ああ、なんてステキな光景だろう。きっと心花は、そのときがきたらスマホで動画を撮影する。

幸福の時間を、少しでも切り取って保存しておくために。

「どうした？」

「ちょっと気が早いです。でも、優しいお父さんですね。ありがとうございます、大地さん」

「まだ何もしていないのに、前もってお礼を言われるとはな。心花のほうこそ、気が早いんじゃないかい？」

「ふたりとも、こんなにせっかちだったなんて驚きですね」

ふふっと笑った心花のひたいに、彼がそっと唇を落とす。

「かわいい心花と、かわいいお腹の子がよく眠れるように、背中をとんとんしてやろうか？」

「じゃあ、大地さんがよく眠れるように魔法のキスをします」

そう言って、心花は彼の唇にかすめるだけの短いキスをした。

「……生まれるまで、禁欲生活ということになる」

「はい、あの、安定期に入ったらそういうこともできると聞いてはいるんですが……」

「かわいそうじゃあないか。心花のお腹の中でゆっくりしているところを、ノックされたりしたら子どもが驚く」

——わたしは、この人を好きになってよかった。大地さんと一緒にいられて、ほんとうによかった。

「禁欲がつらくないとは言わないけれどね、かわいい妻と子どものためならいくらだって我慢しますよ、私は」

「もう、あまり言うと我慢できないって聞こえますよ」

「心花」

「はい」

「鬼神の大地の忍耐力を舐めるなよ？」

わざとそんなふうに言う彼が愛しかった。

「楽しみにしてます」

抱き合って、目を閉じる。

世界はとても静かだ。互いの呼吸音と心音だけが聞こえている。

——いつか、この心臓の音が三人分になるんだ。わたしたち、家族になるんですね……

夜更けを過ぎて、窓の外には雪が降りはじめた。

叙情的にふたりの夜を包み込み、白い雪が街を覆っていく。

大好きな人と見る雪は、きっと美しい。きっと優しい。きっと、どこまでも未来に続いていく、こんな気持ち。

心花は愛する夫の腕の中、幸せな眠りをたゆたう。

雪は、ただ静かに降り積もっていく――

番外編　Trick

「さー、今日は無礼講ですよー」

普段からあまり礼を重んじているとは思えない櫻井夏梅が、パンパンと二度手を鳴らす。

クリスマス前の土曜日、十二月とは思えない陽射しが海棠邸の広い庭に降り注いでいた。

先日、リフォームを終えたばかりの庭には、八人の男女が集まっている。

この家の持ち主である海棠竜児と未亜。竜児の兄貴分で、未亜ともつきあいの長い鎌倉大地と心花。大地を恩人と慕う元舎弟の向井獅王と環奈。そして同じく大地の元舎弟で獅王の親友である櫻井夏梅と、恋人の門倉満花だ。

「おまえはいつでも無礼講だろ」

「やだなー、レオ。オレってこう見えて、けっこう長いものに巻かれるタイプよ?」

「それと礼儀は関係ないからな」

「あっはー、言うよねー」

高い木々で囲まれた芝張りの庭に、大きなテラス屋根。その下には、ケータリングの料理が並んでいる。ステンレス製の保温器に温かい料理が並び、ガラスの器にはフルーツ、小さなケーキ、サンドイッチが見た目にも華やかに配置されていた。

「えっ、櫻井さんの彼女さんって、こんな美人さんだったんですか？」

心花が驚きの声をあげて、環奈がニコニコとうなずく。

「学生時代の憧れの先輩なんです」

「ねー、環奈ちゃーん」

女性陣は服装もパーティー仕様だ。ドレスとまではいかないが、それぞれの雰囲気に合ったワンピース姿で盛り上がっている。

庭の広いスペースを利用したバルーンアートのクリスマスツリーは、午前中から業者が来て作っていった。ツリーの向こうには、氷を思わせる積雪つきの透明なアーチが置かれていて写真撮影スポットになっている。

業者を手配したのは竜児だ。ただし、依頼先の業者は櫻井である。彼はケータリングの料理を手配し、屋外イベント用のパラソルヒーターをレンタルしてくれていた。海棠家の庭のリフォームからかかわっていたこともあり、櫻井は今日のガーデンパーティーの裏方作業を一手に引き受けていた。

センター分けの黒と金の髪が、ひゅうと吹き込んできた風に揺れる。

「櫻井、おまえさんも落ち着いて一杯飲んだらどうだい」

大地に声をかけられて、櫻井が「はーい」と子どものように元気いっぱいな返事をした。

この場に集まった男たちは、皆が皆、大地を慕う者たちだ。組にいたころも、足抜けしたあとも、大地の周囲には人が集まる。

「ありがとな、櫻井。未亜が庭をとても喜んでいたよ」

「いやー、さすがオレってことで！　大地さんもレオも、一軒家買ったらいつでも相談してくださいよ」

櫻井に頼めばなんでも手に入る――

とは、なんでも屋にとっては名誉な噂だ。

ただし、もとは反社会的組織の一員である。今でこそ気のいい兄ちゃん風を吹かせているが、ギラついていたころの彼は――いや、蜆沢組に籍を置いていたころも、ぱっと見はまったくヤクザらしくないヤクザだった。

「このチキンおいしい！」

「これはローズマリーかな。香りもいいよね」

「あっ、獅王、ソースこぼれてる！」

パーティーとはいえ、今日の集まりは新しい庭のお披露目が目的だ。特に進行役が必要なものでもないし、やることが決まっているわけでもない。

和気あいあいと歓談する七人をよそに、櫻井は周囲を見回して軽く右手を挙げた。

「さて皆さま！　ここで今日の仕掛け人ことわたくし櫻井からサプライズイベントのお知らせです！」

全員の目が櫻井に向けられる。マイクなんてないのに、左手はさもマイクを持ったような格好だ。なんでも屋はお祭り騒ぎが好きらしい。

「カモン、映像班！」

パチンと指を鳴らし、彼が大きな声を出す。すると、玄関から庭へ続く通路を大がかりな荷物を持った男性たちがやってくる。何ごとかと焦った様子の獅王が「おい櫻井」と呼びかけた。

「レオちん、準備手伝ってくれる？　あ、スクリーンはこっち。プロジェクターがそっちね」

運び込まれたのは、組み立て式のスクリーンだ。それに続いてプロジェクターとテーブル、スピーカーが庭に並ぶ。

何が起こるのかと、いちばん心配そうな顔をしているのは竜見だ。なんだかんだ言っても、ほかの面々と違って元ヤクザではない。そのあたりが一応常識人に近いのか。

悪友の獅王と恋人のミツカは、表情を変えていない。このふたりにとっては、櫻井は何をやらかしてもおかしくない男なのだろう。

達観したところのある大地に至っては、薄く笑みを浮かべて眺めている。最年長は伊達ではない。

残る未亜、心花、環奈は興味津々、ワクワクして設置される機材を見つめていた。

「ふっふっふー、このために絶対庭に電源が必要って言った甲斐があったってもんよー」

やってやったと胸を張る櫻井に、

「おまえ、こんなことをするために我が家の電力を使う気か……」

竜児がひたいに手を当てる。

「まあまあ、この程度の電力を使ったところで天下の『ライフる』の社長がぐちぐち言うんじゃないよ。ケツの穴の小さい男だと思われてもいいのかい？」

「大地さん、未亜の前ですよ！」

「えー、オレ、前々から気になってたんですけど、肛門の大小ってどっちがいいとかあるんすかねー」

「黙って準備してろ、櫻井」

年の功のはずの大地のとぼけた発言に、櫻井が乗っかっていく。大人になっても男は子どもなのかもしれない。

十分と経たずに準備が整った。

搬入スタッフたちは、櫻井にあいさつをして去っていく。

「お待たせしました、皆さま。さてさてさーて、今日のサプライズ&メインディッシュ！　カメラマン櫻井によるスペシャルムービーを大公開です！」

プロジェクターの作動音に次いで、スクリーンに映像が投影された。

タイトルらしき『鎌倉組!!』の文字がどんと表示され、有名なイタリア系マフィア映画のテーマソングが、けっこうな大音量で流れはじめる。

「なんだい、鎌倉組ってのは」

「まあ、見てやってくださいよ」

誰もが知る映画のテーマソングに合わせて、まず現れたのは大地だ。

白いスーツに黒いシャツ、スーツと同じ白のパナマハットをかぶった彼は、ジャケットを肩に羽織ってスクリーン右手から歩いてくる。うしろをゾロゾロと黒いスーツの男性が付き従う。

「大地さん！　あれはもしかして、蜆沢組のころの映像ですか？」

いつもおとなしい心花が、珍しく大きな声を出した。

「懐かしいもんだ。今となっちゃずいぶん昔の気がするねえ」

目を細めた大地の隣で、心花がうっとりとスクリーンに見入っている。

「あ、但馬のオヤジ！」

声をあげたのは竜児だ。その言葉に、心花がぴくっと反応した。

「あの方が、そうなんですか？」

白スーツの大地が歩いた先に、着物を着た恰幅のいい男性が立っている。遠目なので、あまり顔はわからない。

「ああ、但馬さんだ。懐かしいねえ……」

その後、場面が切り替わる。次に映し出されたのは獅王の結婚披露宴の映像だ。

「なんで？　恥ずかしいよ、櫻井さん！」

「環奈ちゃんがかわいかったからさー。あと、レオがいいの、これ。ちょっと見てて」

高砂に座るふたりは、ときにお辞儀をしたり、ときに飲み物を飲んだり、ときにひそひそ話をしたりする。環奈が正面を向いているのに対して、獅王はちらりちらりと隣の新妻に視線を向けているのがわかった。

「獅王さん、ずっと環奈さんのほう見てる。愛情伝わるね」

未亜がそう言うと、環奈が真っ赤になる。当の獅王は穏やかな笑顔だ。彼にとって、環奈マニアであることは誇りなのだろう。

「え、これ……って……」

からかっていた未亜が、不意に息を呑んだ。

それまでとは違う、解像度の低い映像が映し出されていた。音楽も切り替わり、穏やかなピアノ曲が流れている。

スクリーンには、若い夫婦。そして、小さな女の子が嬉しそうに花かんむりを持って走っていた。

「入手に苦労したよー。未亜ちゃんのお父さんとお母さんと一緒の動画」

「……っ……！」

未亜が口元を手でおさえる。背後から、竜児が彼女の肩に優しく手を置いた。

「私が初めて会うよりも小さいお嬢ちゃんだ」

「まあ、今も小さいと言えば小さいですけどね」

「竜児？」

「山椒は小粒でもぴりりと辛い」

妻にじろりと睨まれた竜児が、未亜の肩を優しく揉みながら破顔する。

その後も、今日のガーデンパーティーに参加した者たちの当人が知る動画、知らない動画、いったいどこで入手したか不思議な映像が続いた。

駐車場と思しき場所で、獅王を蹴りつけようとする大地の博多弁。

幼い未亜と若き日の竜児が、バースデーケーキを前に笑う写真。

高校の制服を着たミツカと、うしろに小さく映る環奈。

オーセンティックバーでグラスを傾ける大地と竜児。

動画と静止画で振り返るそれぞれの過去に、皆がしっとりした気持ちになったころ、エンディング風のＢＧＭが聞こえてくる。

「櫻井、ずいぶんやってくれるじゃねえか」

「えー、海棠さん怖い怖い。こんなの余興ですから、ね？」

竜児にすごまれて、櫻井がごまかしの体勢に入ったそのときだった。

『いいんだよ。無理しないでも。俺が抱いて歩けば』

聞こえてきたのは、獅王の声だ。

「なっ……!?」

スクリーンに映るのは、どこかのホテルのフロントと思しき光景である。

『花嫁なら、抱っこされてるのもおかしくないだろ？』

姿は見えないが、聞こえてくる声は――

「やめろ、とめろ！　おまえ、何撮影してんだよ！」

スクリーンの前に立って、両腕を広げた獅王が珍しく動揺した姿を見せる。

『恥ずかしいよ』

『恥ずかしくないって』

「え、これっていつの動画？」

顔を真っ赤にした環奈に、心花が尋ねた。

「け、結婚披露宴の、次の日……」

長身の腕の隙間から、獅王が環奈を横抱き――いわゆるお姫さま抱っこでフロントに現れた。

「おやおや」

にんまりと大地が口角を上げる。彼は結婚披露宴にも参列していた。

「あー、なるほど」

なぜ環奈が抱っこされているか想像がついたらしい竜児が、ご愁傷さまと言いたげに獅王を見る。

「新婚さんだ！」

無邪気な未亜の声に、獅王はいっそういたたまれない顔だ。

「なんだか見ているこっちも緊張する……」

環奈に負けないくらい顔を赤くして、心花が両手で頬を押さえた。

「………」

無言で謎の笑みを浮かべているのはミツカである。

やがてあきらめた獅王がスクリーンの下にしゃがみ込んだ。櫻井に比べると落ち着いた印象を持たれることの多い彼が、こんなふうに取り乱す姿はなかなか見られるものではない。

「あきらめなさい、獅王。櫻井の盗撮には勝てやしないよ」

「……はい、大地さん」

「いやー、最後にステキな新婚さんの姿が見られてよかったですねー。ということで、『鎌倉組!!』はこれにて完結――」

「終わってないよ」

櫻井の声を遮ったのは、まさかのミツカである。

「えっ、ミツカ、何言ってんの。これで終わりだよ」

「このあと」

細い指がスクリーンを示した。

しゃがんでいた獅王が、脇によけてから立ち上がる。

何かがある。

そう察した大地と竜児が、目配せをして櫻井を羽交い締めにした。

「えっ、ちょ、ま」

先ほどの『鎌倉組!!』と同じロゴで『続・鎌倉組!!』の文字が躍る。ミツカの言うとおり、終わっていない。

「ええええええ？　ミツカちゃーん!?」

「夏梅だけ、恥ずかしいシーンが少ないかなと思って。それじゃ寂しいでしょ？」

涼しげな顔立ちのミツカが、今日いちばんの笑顔を見せる。

『えー、これから夏梅の入浴シーンを撮影に行きたいと思います』

鏡の前に立つミツカが、普段はかけていないメガネ姿で映し出された。

『このメガネの端にカメラがついています。ここです。それではバスルームへ』

マンションの室内を移動する様子がコマ送りになる。そして、映像はバスルームの椅子に座る男の背中を映し出した。

「っちょ、マジで、待って、お願い、ミツカぁ！」

『あれ、どうしたの、ミツカ』

振り向いたのはもちろん櫻井だ。彼は、水色のシャンプーハットをかぶっている。子どもが頭を洗うとき、顔に水がかからないように使うものだ。

『夏梅に会いに来たの』

『えー、頭洗ってくれるんじゃないの？』

『シャンプーハットがあるじゃない』

『ないと頭洗えないしー』

黒と金の髪を泡立て、櫻井が唇を尖らせた。

「やーめーてーぇぇぇぇ……」

羽交い締めにされた櫻井が、断末魔のような悲鳴をあげる。

「櫻井さん、シャンプーハットって……」

「かわいいですね」

「なかなかの衝撃映像じゃねえか」

口々に感想を述べる面々と、やっと解放されて芝生の上にひざまずく櫻井の温度差はすごい。

「うう……ミツカ、この屈辱はいつか晴らしてやるからなー」

「期待して待ってるねー」

さて、来春に櫻井とミツカは結婚を予定している。

四組のカップルは、幸せな時間を過ごしていた。

これは、とある冬の日の、とある庭での出来事——

あとがき

こんにちは、麻生ミカリです。

オパール文庫では22冊目となる『Gift コワモテな愛妻家たちの夜は甘い』をお手に取っていただき、ありがとうございます。

本作はこの数年オパール文庫で書いてきた『義父』『偽父』『偽夫』の総決算、全部盛りのオムニバス3本立てです(о´∀`о)

前3作、読んでいなくてもわかるように心がけましたが、基本的にはボーナストラックのようなお話になっています。

シリーズ4作も書かせていただくのは初めてです。長くおつきあいをしてもらえて、ほんとうに嬉しいです♡

今回も最高のイラストを描いてくださった逆月酒乱先生、ありがとうございました。男性ピン表紙でのシリーズでしたが、最後はなんと表紙にイケメン3人♡と、挿絵に至っては1ページに8人!という、すごい絵を…描いていただきました…感謝しかありません!!

ここまでシリーズを続けられたのは、酒乱先生の強い絵があってのことです。一緒に走ってくださりありがとうございました☆

最後になりますが、この本を読んでくださったあなたに最大級の感謝を込めて。

またどこかでお会いできますように。それでは。

Opal

Gift《ギフト》
コワモテな愛妻家《あいさいか》たちの夜《よる》は甘《あま》い

オパール文庫をお買い上げいただき、ありがとうございます。
この作品を読んでのご意見·ご感想をお待ちしております。

ファンレターの宛先
〒102-0072　東京都千代田区飯田橋3-3-1
プランタン出版　オパール文庫編集部気付
麻生ミカリ先生係／逆月酒乱先生係

オパール文庫 Webサイト
https://opal.l-ecrin.jp/

著　者——**麻生ミカリ**(あそう みかり)
挿　絵——**逆月酒乱**(さかづき しゅらん)
発　行——**プランタン出版**
発　売——**フランス書院**

〒102-0072　東京都千代田区飯田橋3-3-1
電話(営業)03-5226-5744
　　(編集)03-5226-5742

印　刷——誠宏印刷
製　本——若林製本工場

ISBN978-4-8296-5510-8 C0193

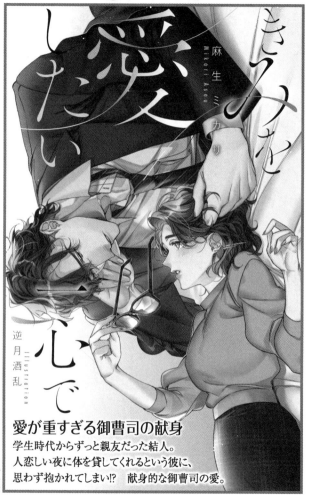

麻生ミカリ
Mikari Asou
なおやみか
Illustration
久住さんは愛する手段を選ばない
Kuzumisan wa Aisuru Shudan wo erabanai!
策士な社長の独占欲
どうしてもきみじゃなきゃ駄目なんだ
通勤時に会う美貌の男性が気になっていた萌々香。
偶然入居が決まったシェアハウスに彼の姿が!?
社長とドキドキの同居生活!